COLLECTION A UN FRANC LE VOLUME.
1 FR. 25 CENT. POUR LES PAYS ÉTRANGERS.

XAVIER DE MONTEPIN.

LES CHEVALIERS DU LANSQUENET

QUATRIÈME SÉRIE.

COURTISANE ET DUCHESSE.

PARIS.

ALEXANDRE CADOT, EDITEUR,

57, RUE SERPENTE, 57.

1857

LES

CHEVALIERS DU LANSQUENET.

C.

XAVIER DE MONTEPIN.

LES CHEVALIERS
DU LANSQUENET

QUATRIÈME SÉRIE.

COURTISANE ET DUCHESSE.

PARIS
ALEXANDRE CADOT, ÉDITEUR,
37, RUE SERPENTE, 37.

1857

LES
CHEVALIERS DU LANSQUENET.

PREMIÈRE PARTIE.

DONA SOL.

J

Confession générale.

Voici ce que contenait la note écrite de la main de Giorgione :

« Mon cher William,

« Un jour, (trois mois environ après mon retour à Florence) je reçus un paquet dont l'adresse me parut écrite par une main bien connue. — Il me fut impossible cependant de rendre ma mémoire tout à fait fidèle, et de fixer immédiatement mes souvenirs fugitifs.

» Avant d'ouvrir ce paquet, je l'examinai attentivement.

» Souvent, vous le savez, on aime à faire des conjectures sur une lettre que l'on tient à la main, et l'on met un intérêt de curiosité à savoir si l'on en devinera le contenu.

» Or mon examen dans cette circonstance ne fit que dérouter toutes mes conjectures.

» Un instant j'avais cru reconnaître l'écriture de Danaë, mais le paquet était timbré d'Espagne, et le cachet qui fermait l'enveloppe, étalait des armoiries marquantes supportant une couronne de marquis.

» Evidemment cela ne pouvait venir de la jolie Genevoise !

» Je ne connais d'ailleurs personne en Espagne ; aussi, désespérant de deviner, je rompis le cachet et je déchirai l'enveloppe.

» Dans cette enveloppe il y avait deux choses, — une lettre puis une liasse de papiers.

» J'ouvris la lettre et je lus ce qui suit :

» *Vous qui fûtes l'ami de William, vous qui fûtes aussi le mien, Giorgione, vous avez un noble cœur !*

» *La confiante amitié de William ne fut point trahie par vous, vous ne me trahirez pas non plus : je le crois, j'en suis sûre.*

» *Jamais vous ne m'avez trompée, Giorgione : vous m'avez parlé sincèrement toujours, durement quelquefois ; aussi j'ai confiance en vous.*

» *William est mort à cause de moi, je le sais ; et quand je pense à lui mon cœur se serre douloureusement... Mais, vous, vous vous trompez, Giorgione, quand vous pensez que William s'est tué pour une courtisane, fille du peuple et née dans la rue.*

» *Vous allez tout savoir Giorgione, et quand vous saurez tout, vous plaindrez cette femme qui vous a tant aimés tous deux·*

» *Vous comprendrez d'ailleurs l'importance du secret que je vais vous confier, car ce secret peut me déshonorer, et j'ai un honneur à présent, un honneur qui doit rester pur !*

» *A cette lettre sont joints des papiers.*

» *Ces papiers renferment l'histoire de ma vie.*

» *Je l'ai écrite à cette époque où vous m'avez connue, à cette époque où je cachais parfois bien des larmes sous des sourires, tout en paraissant ne vivre que pour les parties joyeuses et les folles amours.*

» *Je ne puis maintenant conserver cette histoire dont une ligne pourrait me perdre, et je n'ai pas le courage de brûler ces confidences de mon âme.*

» *Je vous les envoie donc, Giorgione ; je mets entre vos mains mon repos, mon honneur, mon bonheur.* »

« Cette lettre, mon cher William, me surprit pour le moins autant qu'elle vous surprendra vous-même. Je lus le récit que vous allez lire, et je restai confondu de la singulière impudence avec laquelle Danaë mettait à nu toutes les turpitudes de son âme.

» Je crois, du reste, ne point faire un acte déloyal en vous remettant la confession de votre ex-maîtresse. Si ce n'est qu'un roman, fils d'une imagination folle, l'abus de confiance n'existe pas : — si, au contraire, ces révélations sont vraies, cette femme est à tout jamais si bien et si complétement perdue, qu'il est impossible qu'elle se re-lève de l'abîme où elle est tombée, et alors je suis absous d'avance.

» Lisez donc, mon ami, et jugez.

» Tout à vous, » GIORGIONE. »

Voici maintenant ce que contenait les pages du manuscrit de Danaë que M. d'Entragues lut rapidement :

Manuscrit de Danaë.

Je suis la fille unique du marquis Ruy-Blas de
Ribeira.

Je naquis à Madrid en 1821, et ma mère mourut en me
mettant au monde.

Je n'ai de ma première enfance que des souvenirs vagues et confus. J'habitais Ribeira, l'une des terres de
mon père, et souvent encore aujourd'hui je me rappelle
son grand parc aux horizons bleuâtres et mélancoliques,
le sable blanc de ses allées obscures, et le marbre de ses
bassins.

Mon père passait presque toute l'année à Madrid; je le
voyais par conséquent fort rarement. Il était bon pour
moi, du reste, mais grave et froid.

Je ne sais par quelle fatalité étrange, moi d'habitude
vive et légère avec tout le monde, je devenais, devant mon
père, gênée, timide et disgracieuse.

Je crois qu'en raison de cela, il ne m'aimait pas beaucoup, et puis encore il m'accusait, malgré lui, d'avoir été
en naissant la cause de la mort de ma mère, de ma mère
qu'il adorait, de ma mère belle et charmante, et, chose
rare parmi les Andalouses, blanche avec des cheveux
blonds, blonds comme les miens.

L'intendant, la femme de charge, les deux laquais et
les jardiniers qui habitaient Ribeira avec moi, étaient tous
des gens âgés, du moins relativement. Cet isolement de
toute jeunesse fut fatal à mon caractère. D'autres enfants,

vivant avec moi, m'auraient obligée à ployer quelquefois ma volonté impérieuse, tandis que la constante obéissance des domestiques, l'habitude de voir mes désirs toujours écoutés et souvent prévenus, m'accoutumaient à ne me contraindre en rien, et à imposer comme des lois tous mes caprices.

Je vécus ainsi jusqu'à l'âge de douze ans, dans un bonheur si tranquille que ces années ne me laissèrent pour ainsi dire pas de souvenirs, ou du moins que des souvenirs bien vagues.

On oublie vite le parfum de la fleur qu'on a respiré !

A douze ans, un grand changement se fit en moi. Je cessai d'être dona Sol, l'insouciante et joyeuse enfant. Une vague tristesse assombrit mes rêves, car alors je commençai à penser.

Avant ce moment, mon cœur était pur comme une eau transparente : un souffle étrange bouleversa l'onde et troubla la pureté du cœur.

J'aspirais à l'inconnu...

Je voulais savoir...

Quoi ?

Je l'ignorais, et, sans que rien vînt m'éclairer, la science naissait en moi, pourtant.

Je sentais que j'étais une femme, et, à cette idée, quelque chose se troublait en moi.

Je devinais que j'étais belle.

Je passais des heures, seule, enfermée dans le petit pavillon où je couchais, et là, je me regardais dans une grande glace de Venise.

Parfois je dévoilais mes épaules et mon sein, je dénouais mes cheveux, pour les laisser flotter sur mes épaules dont j'admirais les lignes gracieusement courbes et les reflets satinés.

Alors il me semblait être deux. — Mes lèvres s'ouvraient lentement et donnaient des baisers au vide; et puis, toute honteuse de moi-même, je me hâtais de me r'habiller, et je courais dans les allées et par les pelouses, cherchant à retrouver ma gaieté d'autrefois.

Mais elle avait fui pour toujours, la gaieté insouciante et vive! elle avait fui, laissant à sa place la sombre ardeur des voluptés, qui déjà brûlait mon âme de cette soif ardente et qu'on peut apaiser, mais qu'on n'étanche jamais entièrement.

Une année se passa ainsi.

Pendant cette année, l'orage de mon cœur grondait toujours sourdement, et mes rêves, précocement mûris par l'ardent soleil des Espagnes, commencèrent à prendre une forme plus distincte.

Je brûlerais le papier sous les dévorantes pensées que je retrouve dans ma mémoire, si je voulais indiquer seulement les songes voluptueux qui, pendant cette année, voltigèrent chaque nuit autour de ma couche.

Jamais Asmod e, le démon des plaisirs, n'a agité de rêves plus impurs le sommeil des courtisanes, qu'il n'en apportait chaque nuit dans mon sommeil de jeune fille.

Et chaque matin je me réveillais troublée et plus savante!

Phénomène étrange et fatal, à treize ans j'avais dans mon enveloppe virginale une science et une âme de femme perdue!

Cela était inexplicable, mais cela était réel.

§

A cette époque, l'intendant de la terre de Ribeira quitta le service de mon père ; il fut remplacé par un autre qui vint s'établir au château avec sa femme et son fils.

Ce fils était un enfant de mon âge. — Il était fort beau, grand ; il avait la peau du visage très-blanche ; son front était ombragé d'une forêt de cheveux noirs.

Ses yeux étaient bleues et timides, presque toujours baissés pensivement.

Il s'appelait Carlos.

Il avait quatorze ans, mais on lui en aurait donné davantage, à voir sa taille svelte, élancée et formée déjà.

Sa figure est aussi présente à ma mémoire que s'il était encore devant moi. — Elle exprimait une pureté extrême, une grande chasteté d'imagination : Les pensées de volupté qui s'éveillent la nuit sur l'oreiller de l'enfant qui se fait jeune homme, n'avaient pas encore marqué de leurs empreintes corrosives ses tempes aux lignes blanches et rosées, et le reflet de sa peau était aussi satiné au contour de ses grands yeux bleus que sur ses joues au duvet de fruit mûr.

Mes yeux, à moi, mes yeux bleus aussi, s'entouraient d'un cercle marbré, et la blancheur de mes tempes se colorait de tons plus ardents.

Dès que j'eus vu Carlos, toutes mes pensées de plaisir, je n'ose dire d'amour (car ce que j'éprouvais n'avait rien de la fraîcheur d'un premier amour), toutes mes pensées de plaisir se concentrèrent sur lui.

Cet instinct sacré, cet instinct de pudeur qui naît, dit-on, avec la femme, n'était pas éclos dans mon âme.

Si Carlos était venu à moi, je me serais donnée à lui sans combats, sans retards, sans même me faire désirer. — Mais il ne vint pas. — Il paraissait me fuir au contraire, et je n'osais pas encore l'appeler brusquement.

Si la pudeur me manquait, j'avais du moins dans les veines du sang de noble race. — Je pouvais me donner, mais je n'aurais pas voulu m'offrir.

Un jour, — un dimanche, à la messe, — je jetai les yeux sur Carlos.

Son regard était fixé sur moi avec une ineffable expression d'amour.

Il baissa les yeux aussitôt et rougit.

Moi, je ne pus m'empêcher de sourire, et je continuai à le regarder.

Il sentit mon regard plutôt qu'il ne le vit, et, de roses qu'elles étaient, ses joues devinrent pourpres.

Je devinai qu'il souffrait, et je détournai la tête.

J'avais compris qu'il m'aimait, et je me demandais pourquoi donc il ne me le disait pas?

C'est que la sainte pudeur que Dieu ne m'avait pas donnée, il l'avait, lui!

Pauvre Carlos!!!

La nuit vint, mais une nuit d'Espagne, une nuit étoilée et brillante. — Rentrée dans mon pavillon, je pensais à Carlos, quand, du côté de la fenêtre, j'entendis un léger bruit.

Je ne sais quel instinct m'avertit que Carlos était là.

Je ne tournai point la tête, mais je regardai une glace

placée en face de moi, et je vis s'y refléter l'image de l'enfant appuyé contre la persienne.

Je fis un mouvement, — l'image disparut.

J'allai doucement à la fenêtre, je l'entr'ouvris, et j'aperçus, au bas, Carlos qui, en me voyant venir, s'était blotti sous un massif d'orangers en fleurs.

Je laissai ma fenêtre ouverte. Je me jetai sur mon lit, et j'attendis avec une impatience remplie de trouble et de joie.

Carlos ne vint pas!

Dans la chaste ignorance de son naïf amour, Carlos ne m'avait pas comprise!!!

Cette nuit-là, je ne pus dormir. Le lendemain, de bonne heure, je sortis, et, au détour d'une allée, je vis de loin venir l'enfant.

Dès qu'il m'aperçut il s'enfuit.

Pleine de dépit, je rentrai après une courte promenade. En passant devant mon pavillon, je crus entendre marcher à l'intérieur. Je m'approchai, en assourdissant le bruit de mes pas, de la fenêtre d'où Carlos m'avait regardée la veille, et je le vis, lui qui semblait m'éviter moi=même, donner tous les témoignages d'une muette adoration aux objets inanimés dont je me servais habituellement.

Il couvrait de baisers mon lit, les vêtements épars sur les meubles, la petite pantoufle qui le soir chaussait mon pied nu.

Il trouva par terre un des rubans couleur de feu, dont je renouais les nattes de mes cheveux. Il le ramassa, il en respira le parfum avec un indicible sentiment d'ivresse, puis il le mit dans son sein.

J'allais entrer quand nous entendîmes tout d'un coup l'intendant qui appelait fortement son fils.

Tremblant d'être surpris, Carlos se hâta d'obéir, et sortit sans m'avoir vue.

Le soir je l'appelai.

— Vous allez venir avec moi, — lui dis-je. — Je vais dans le parc, et je ne veux pas être seule aussi tard.

Il me suivit.

Nous marchâmes quelque temps en silence, lui derrière moi.

Arrivés dans une allée de grands arbres où la lumière de la lune ne tombait que rare et voilée, je lui dis :

— Votre bras, Carlos ?

Je passai mon bras autour du sien.

Je pris sa main dans ma main nue, et je la sentis tressaillir.

Je la serrai légèrement... Carlos leva sur moi ses grands yeux pleins d'étonnement et d'amour.

J'espérais qu'il allait parler.

Ses lèvres s'entr'ouvrirent.

J'écoutai...

Elles ne laissèrent échapper qu'un soupir !

Et moi, moi, inhabile à comprendre les émotions d'un amour pur, je me demandais si cette naïveté sublime, si cette chasteté divine était *folie* ou *stupidité* !

Je sentis que Carlos n'oserait rien.

Nous étions dans un endroit solitaire, la lune s'était

cachée, j'attirai l'enfant à moi, et je l'enlaçai de mes bras.

Pauvre Carlos! noble et pur enfant!

. . . . : . . . .

Hélas! notre bonheur fut court!

Moins de trois mois après ce premier jour d'ivresse, Carlos ne vivait plus!

II

Confession générale (*suite*).

Pendant quelque temps, je versai des larmes amères... Pendant quelque temps cette mort fatale fut comme une eau glacée jetée sur mes ardentes passions !

Mais le feu n'était pas éteint; bientôt il se ralluma et brûla lentement dans mon cœur, ne trouvant pas à se répandre au dehors.

Deux années se passèrent ainsi.

Je me mourais d'une sourde langueur, des tons jaunes et bilieux remplaçaient les tons rosés de mes joues, le cercle de mes yeux s'agrandit et se marbra de teintes plus sombres, ma figure s'amaigrit, mon regard seul brillait d'un éclat extraordinaire et comme phosphorescent.

Un jour, je me promenais rêveuse, reportant mon souvenir aux heures brûlantes que j'avais vues s'écouler dans ces lieux avec mon Carlos bien-aimé, quand j'entendis un bruit de voitures et de chevaux.

En même temps on m'annonça que mon père, que je n'avais pas vu depuis près d'un an, arrivait à Ribeira.

Joyeuse de cette distraction inaccoutumée et inespérée, je courus le rejoindre.

Il n'était pas seul. — Deux personnes l'accompagnaient.

Deux personnes dont la vue me frappa et m'émut tout d'abord, quoiqu'elles n'eussent rien d'extrordinaire dans leur apparence.

Par un pressentiment étrange et peut-être providentiel, je devinai l'influence que ces deux personnes devaient avoir sur ma destinée.

C'étaient deux hommes.

L'un était vieux déjà, l'autre était jeune.

Le premier avait un masque de satyre. Ses cheveux blancs ne parvenaient point à rendre respectable sa figure ridée, pointue et méchante.

La figure du jeune homme, sans être d'une beauté surprenante, avait une rare distinction.

Il était pâle, d'une pâleur presque livide, avec une chevelure d'un blond ardent, épaisse comme une crinière de lion, et glacée de reflets fauves. Sa barbe qu'il portait tout entière était de la même couleur.

Il était vêtu d'un costume élégant, complétement noir de la tête aux pieds.

C'était le secrétaire de mon père.

Le vieillard était son intendant au château de San-Perez. Sa taille était droite encore et sa mise recherchée. Il était Français et s'appelait Durand.

Le secrétaire était Italien : on le nommait Luiggi.

Je ne sais pourquoi le regard que Durand jeta sur moi me parut moqueur.

Celui de Luiggi ne fut qu'indifférent.

Mon père venait me chercher pour ne plus me quitter et m'emmener à Madrid avec lui.

J'entrais dans ma seizième année. Mon éducation avait été fort négligée jusque-là, et mon père voulait me donner des maîtres, il tenait surtout à me voir bien parler le français.

Il me trouva agréable : il me le dit du moins; mais je crois que ce fut un compliment, car dans ce moment j'étais si maigre et si pâle que je ne dus guères lui plaire.

Mon père passa quelques jours à Ribeira pour s'occuper un peu de ses affaires, vérifier les comptes de ses agents, et laisser reposer ses chevaux, puis nous partimes.

Nous partimes, et, je le dis avec honte et remords, dans mon ardeur de nouveauté, de mouvement et d'espérance, je n'eus pas une fleur, pas une larme, pas un souvenir, pas un regret pour le tombeau du pauvre Carlos.

Le château de San-Perez, où mon père m'installa presqu'en dame châtelaine, était un vaste et magnifique édifice, et son parc passait pour un des plus beaux de l'Espagne.

Mais que m'importaient à moi et parcs et châteaux ?

Je n'avais qu'une pensée, qu'un rêve et qu'un désir.

Une pensée toujours la même, toujours âcre, toujours persistante, une pensée qui remplissait mes jours et tourmentait mes nuits.

C'était de trouver vite, bien vite, un nouvel amour et de nouvelles voluptés.

Ce qu'on aurait pu facilement prévoir, ce qui devait fatalement advenir arriva.

Luiggi m'aima. — Luiggi me plut.

Moins timide, et surtout moins candide que Carlos, mais comprenant pourtant l'immense distance qui nous séparait. Il n'osait pas la franchir.

Mais j'avais fait un pas de plus dans cette voie terrible que je devais suivre jusqu'au bout. Luiggi ne venant point à moi, cette fois j'allai à lui, et bientôt il fut mon amant.

Pendant une année le plus profond mystère entoura notre liaison ; pendant une année je fus heureuse.

Heureuse du moins du bonheur tel que je le comprenais, mais ensuite...

Oh ! ensuite....

Ma tête se brise et s'égare sous le poids de mes souvenirs.

Un jour, jour trois fois maudit, il me sembla qu'il y avait quelque chose de changé dans mon être.

J'essayai de douter, mais bientôt il fallut me rendre à l'évidence.

J'étais grosse !

Je ne pouvais garder seule ce terrible secret. Je le communiquai à une vieille femme de charge qui paraissait m'aimer.

Elle frémit en apprenant la vérité, mais elle ne me trahit pas.

Oh ! je me promis alors de récompenser un jour, largement, royalement, comme je le sentais, comme je le devais, son dévouement et sa fidélité.

Les premiers mois s'écoulèrent.

Ma grossesse n'était pas encore visible, et à cette époque une mission diplomatique fut confiée à mon père, qui partit pour la remplir et me laissa seule à San-Perez pour plusieurs mois.

Tout marchait au gré de mes vœux. Nul n'avait de soupçons, et je croyais pouvoir me fier à mon étoile désormais.

Je remarquais seulement parfois que Durand, le vieil intendant, me poursuivait souvent de son regard.

Regard étrange et sinistre. Tantôt railleur, tantôt ardent.

L'époque arriva où je devais accoucher. Je mis au monde un garçon.

Mon enfant fut emporté par la femme de charge dont j'ai parlé, et mis en nourrice chez une vieille paysanne appelée Juanita.

Mon père revint, mais il ne savait rien; il ne pouvait rien savoir, rien soupçonner.

Mes relations d'amour avec Luiggi continuèrent.

§

Mes appartements à San-Perez occupaient tout le premier étage de l'une des ailes du château.

L'intendant Durand demeurait au rez-de-chaussée de l'aile opposée. De chez moi rien n'était plus facile que de voir tout ce qui se passait chez lui. Mais il est fort naturel de croire et de penser que je n'avais nul intérêt à épier ses actions, et nul souci de le faire.

Une nuit je me sentis souffrante.

Le ciel était lourd et orageux; ma veilleuse s'était éteinte : j'avais la tête pesante et la poitrine oppressée.

Je me levai pour aller respirer sur mon balcon, pendant

quelques secondes, l'air vif et pur de la nuit. J'ouvris ma fenêtre, et je vis avec un certain étonnement qu'il y avait de la lumière dans la chambre de l'intendant.

Il était alors trois heures du matin à peu près.

Je regardai machinalement et distraitement d'abord.

Durand était assis devant un bureau, et paraissait examiner quelque chose avec la plus grande attention.

Obéissant à je ne sais quel vague instinct, je pris une lorgnette et je regardai de nouveau.

Ma curiosité n'obtint qu'un résultat bien insignifiant, du moins je le crus d'abord. L'objet qui occupait Durand était tout simplement une liasse de papiers posés devant lui sur le bureau.

Je continuai à fixer distraitement et sans but l'intérieur de la chambre.

Je vis l'intendant se lever et frotter ses mains l'une contre l'autre avec une expression de joie sinistre. Il rassembla les papiers épars sur le bureau, ouvrit, en appuyant sur un ressort, une petite armoire pratiquée dans la muraille et dont un panneau de boiserie dissimulait admirablement l'existence ; il y plaça les papiers, referma l'armoire, puis au bout d'un instant la lumière s'éteignit, et le château tout entier fut plongé dans des ténèbres épaisses.

Je me recouchai, moi aussi, et le sommeil vint enfin alourdir mes paupières endolories et fatiguées.

Le lendemain matin, Durand, quand il me rencontra, me salua plus bas que de coutume. Je me souvins de ce que j'avais vu pendant la nuit, mais sans y attacher la moindre importance.

Je demandai mon père.

— Monsieur le marquis, — me répondit-on, — est absent pour toute la journée.

Le soir je me promenais dans le parc.

Je m'aperçus tout à coup que Durand me suivait.

Je marchai plus vite.

L'intendant hâta le pas.

Je ralentis ma marche.

Durand marcha doucement.

Fatiguée de le sentir marcher derrière moi avec cette étrange insistance, je m'arrêtai tout à fait pour le laisser passer.

Il s'arrêta à son tour.

Je le regardai d'un œil fixe et étonné, m'attendant à quelque chose d'extraordinaire. Je ne me trompais pas.

Je voudrais avoir l'honneur de dire quelque chose à Mademoiselle, si elle voulait bien me le permettre... — dit-il.

— Parlez, — lui répondis-je.

— Alors Mademoiselle voudra bien...

— Quoi? — fis-je, en voyant qu'il interrompait sa phrase.

— Me faire l'honneur de me suivre...

— Vous suivre!..

— Précisément, si toutefois cela convient à mademoiselle...

— Vous suivre, — répétai-je, et où?

— Jusqu'au rond-point.

— Pourquoi cela?

— Parce que toutes les allées aboutissant à cet endroit, il est impossible qu'on s'en approche, quand nous y serons, sans être vu ou entendu.

— Et que m'importe qu'on s'approche ou non? — répondis-je avec hauteur.

— Oh! Mademoiselle, il importe beaucoup...

— Allons donc!

— Il importe énormément, — reprit Durand.

— Mais enfin, quoi? quoi donc?

— Que personne ne puisse entendre ce que j'ai à dire à mademoiselle.

— Vous avez quelque chose à me dire? vous!

— *Moi!*

Et tout en prononçant ce *moi*, sur lequel il appuya avec affectation, Durand releva son regard méchant et faux, et l'appuya sur le mien avec persistance.

Ce regard me fit le même effet que produit, dit-on, celui d'un serpent sur les oiseaux.

Il me fascina.

Je suivis l'intendant.

Au bout de quelques minutes de marche, nous nous trouvâmes au rond-point. C'était en effet un endroit parfaitement isolé.

Durand s'approcha plus près et me dit, en coupant ses phrases par temps irréguliers, et en scandant pour ainsi dire chacune de ses paroles :

— J'ai quelque chose à vous apprendre, Mademoiselle, et quelque chose à vous demander.

La demande suivra la révélation, car si elle la précédait, vous me diriez que je suis un fou.

Quand il eût achevé cet étrange exorde, il s'arrêta un instant.

J'écoutais sans comprendre; j'éprouvais pourtant une surprise singulière, mêlée à un vif sentiment de terreur.

Il poursuivit :

— Je sais tout, Mademoiselle !

— Vous savez quoi ? — interrompis-je vivement.

— Je sais que le secrétaire Luiggi est votre amant ; je sais que vous avez eu un enfant de lui ; je sais que cet enfant est maintenant en nourrice chez la paysanne Juanita.

Après cette phrase, prononcée avec ces intonations saccadées dont j'ai parlé tout à l'heure, Durand se tut pour jouir de ma stupeur.

J'étais effectivement anéantie.

Il reprit bientôt :

— Je sais tout cela. Voilà ce que j'avais à vous dire. Maintenant, ce que j'ai à vous demander, — reprit-il après un silence, — c'est d'être à moi, car je vous aime.

La surprise, la stupéfaction me saisirent au point de me pétrifier.

Je ne répondis rien d'abord.

— Voulez-vous ? — reprit-il avec une froide insolence.

Alors l'orgueil et le dégoût me rendirent mon énergie.

— Non ! m'écriai-je résolumemt.

— Réfléchissez ! le marquis de Ribeira apprendra tout ce soir...

— Par vous ! — fis je avec un profond mépris.

-- Par moi ! — répondit-il affirmativement...

— Eh bien ! — demandai-je.

— Eh bien ! — demanda-t-il à son tour.

— Il me pardonnera.

— Ne le croyez pas ! — reprit Durand avec un rire railleur ; — il aurait pardonné peut-être à sa fille... mais à vous... non ! non !

— Vous êtes fou, — interrompis-je, ou vous ne savez pas ce que vous dites !

— Je ne suis pas fou ; je sais ce que je dis. Quand M. le marquis apprendra que sa femme, sa femme qu'il a tant aimée le trompait d'une manière ignoble ; quand il saura que vous êtes la fille de l'adultère, que vous portez son nom sans qu'il vous appartienne, et que vous déshonorez ce nom comme l'avait déshonoré avant vous votre mère, à qui il l'avait donné, je dis qu'il ne pardonnera pas !

— Vous mentez encore ! vous mentez plus que jamais ! — m'écriai-je avec fureur.

— Non, Mademoiselle, je ne mens point, — répliqua Durand avec une colère désespérante. — Tout ce que je vous dis là est vrai ; j'en ai les preuves, les preuves palpables, les preuves écrites, les preuves irrécusables, et ces preuves, d'une minute à l'autre, je puis les mettre sous les yeux de monsieur le marquis. Encore une fois, voulez-vous être à moi ?

— Non ! non ! non !

— Écoutez... Je ne suis pas jaloux... Si vous aimez Luiggi, gardez-le... ; seulement, au lieu d'un amant, vous en aurez deux, voilà tout.

Je regardai Durand tandis qu'il prononçait ces paroles cyniques.

La concupiscence allumait de sa flamme impure les yeux pâles du vieillard, et imprimait des taches hideuses sur son visage sinistre.

Il me fit horreur et dégoût, et quand il répéta encore :

— Voulez-vous ?

Je répondis :

— Je ne veux pas.

Il partit alors d'un éclat de rire rauque et farouche, semblable à celui que doivent laisser échapper les démons; puis il reprit silencieusement le chemin du château.

— Oh! mon Dieu! mon Dieu! — m'écriai-je en l'arrêtant. — Vous dites que vous m'aimez; mais cet amour, c'est de la haine, une haine implacable, une haine infernale! Au nom du ciel, que vous ai-je donc fait?

— Ce que vous m'avez fait? Écoutez..... : J'ai été jeune, dona Sol, et j'ai rencontré dans ma jeunesse une femme que j'ai aimée de toutes les puissances de mon âme.

« Cette femme, c'était votre mère!

» Je lui fis à genoux l'aveu de mon amour.

» Elle avait un amant, je vous l'ai déjà dit. Elle me repoussa, elle me dédaigna, elle me méprisa. J'aurais pu me venger, j'aurais pu la perdre comme je vous perdrai; mais je l'aimais trop : je voulus attendre, car j'espérais toujours.

» Mon amour me fit retarder ma vengeance, et la mort vint me l'enlever!

» Cet amour inutile et brûlant, cette vengeance espérée et perdue, tout cela, voyez-vous, m'a desséché le cœur, tout cela m'a rendu implacable!

» Je vous déteste autant que je vous aime. Vous ressemblez à votre mère...: je veux vous avoir ou vous perdre.

» Voilà tout. »

Et il s'éloigna.

III

Confession générale (*suite*).

Je rentrai au château la tête égarée, et en proie à un trouble inexprimable.

Tout ce qui m'arrivait était tellement étrange, tellement incompréhensible, que je cherchais à me persuader que j'étais endormie, et qu'un songe affreux tourmentait ma pensée.

J'y parvenais par instants, mais bientôt la triste réalité de ma position reprenait le dessus.

Mon père venait d'arriver avec Luiggi et un étranger.

Cet étranger était Italien et cousin de mon amant.

Mon père me le présenta sous le nom de M. Henry. Il voyageait en Espagne, me dit-il, et il était venu faire une visite à son parent.

Avant l'heure du souper, il me fut impossible de me trouver seule un instant avec Luiggi, pour lui apprendre ce qui se passait.

On se mit à table.

J'étais brisée, et mon angoisse intérieure se trahissait sur ma figure d'une façon tellement visible, qu'il était impossible qu'elle échappât aux regards même les plus distraits.

Mon père me demanda avec intérêt si je souffrais.

Je répondis que non.

J'étais au supplice !

Jamais, jamais martyr ne fut plus torturé !

Je voyais mon père calme et souriant, et je pensais avec un immense effroi à ce qu'il allait apprendre.

Je frissonnais. J'avais la fièvre.

Vers la fin du repas, Durand entra dans la salle à manger.

En le voyant, je crus que j'allais me trouver mal, car je sentis le cœur me manquer.

Durand me lança un dernier regard interrogateur et menaçant.

Oh ! alors j'eus la volonté de faire signe que je consentais, mais mes forces me trahirent.

J'étais tellement anéantie, tellement paralysée, que je fus incapable d'exprimer mon adhésion, même par un coup d'œil.

Durand crut comprendre que je refusais.

Il sourit amèrement et s'approcha de mon père, auquel il dit tout bas quelques mots.

Mon père fit un signe affirmatif et répondit :

— Venez ce soir avant mon coucher.

L'intendant sortit.

En ce moment et comme par miracle, toute ma force physique me revint. Je pris une résolution et je retrouvai l'énergie nécessaire pour l'exécuter.

Sous un prétexte dont je ne me souviens pas, je me levai de table et je courus à la chambre de Durand.

J'étais prête à lui dire que je consentais à payer son silence du prix infâme qu'il en demandait.

Oh! malheur! trois fois malheur! Durand n'était pas dans sa chambre.

Peut-être déjà attendait-il mon père...

Je courus jusqu'à l'appartement de ce dernier.

Il n'y avait personne.

Le cœur alors me manqua tout à fait. Mes jambes fléchirent, je tombai dans un fauteuil.

Ce demi-évanouissement dura quelque temps. J'en fus tiré par un bruit de pas et de voix qui s'approchaient.

Je reconnus la voix de mon père.

Je voulus m'enfuir.

Il y avait dans cet appartement un cabinet qui, par un escalier dérobé, communiquait avec le dehors. J'y entrai.

A peine étais-je dans ce cabinet, qu'une idée me vint. Je résolus de verrouiller la porte qui donnait dans l'intérieur et de rester là.

Au moins j'échapperais ainsi aux tourments de l'incertitude, et je connaîtrais à l'instant mon sort.

Je ne saurais rappeler textuellement ici la conversation de mon père et de son intendant. Il y avait dans ce moment là trop de terreur et de trouble dans mon âme pour me permettre de tout comprendre et de tout retenir.

Je me souviens seulement, je me souviendrai toujours, de l'infernale habileté avec laquelle Durand prépara mon père à entendre ce qu'il allait lui dire, et comment il sut couvrir sa délation infâme du masque du zèle et du dévouement.

Il parla longtemps sans être interrompu, et chacune de ses paroles tombait sur mon cerveau comme une goutte de plomb fondu.

Soudain j'entendis mon père s'écrier avec des sanglots :

— Oh ! mon Dieu ! mon Dieu !

Cette exclamation me déchira le cœur.

— Oh ! mon Dieu ! mon Dieu ! — répéta-t-il, — oh ! mon Dieu ! Et c'est ma fille !

— J'ai encore quelque chose à apprendre à monsieur le marquis, — continua Durand d'une voix hypocritement émue, — quelque chose que je ne lui aurais jamais dit, si je ne pensais que ce dût être pour lui une consolation dans ce moment.

Durand s'arrêta pendant une seconde.

— Quoi donc ? — demanda mon père d'une voix étranglée.

— La signora dona Sol n'est pas la fille de monsieur le marquis.

J'entendis le bruit que fit mon père en bondissant du fauteuil où il s'était laissé tomber.

— Dona Sol n'est pas ma fille ! — s'écria-t-il.

— Non, — fit Durand.

— Une substitution aurait-elle donc eu lieu ?

— Non, — fit de nouveau Durand.

— Eh bien ?...

— Eh bien ! monsieur le marquis, ce n'est point d'une substitution que j'ai voulu parler, reprit l'intendant en mettant encore dans sa voix plus d'hésitation, d'émotion et de douleur. La signora dona Sol est bien la fille de madame de Ribeira, mais...

— Mais ?... — dit mon père.

— Elle n'est pas la vôtre.

— Tu mens! tu mens! — s'écria le marquis avec une rage indicible.

J'ai entre les mains, — répondit l'intendant, j'ai entre les mains toutes les lettres de madame la marquise à son amant; lettres parfaitement claires, complétement explicites, et où il est question de la naissance de cette enfant, dans des termes tels, qu'ils ne permettent pas le moindre doute à monsieur le marquis sur la naissance adultérine de Mademoiselle.

Alors il se fit un grand silence.

Ce silence sinistre était coupé d'instant en instant par les sanglots de mon père.

Puis je l'entendis murmurer d'une voix sourde, et comme se parlant à lui-même :

— Oh! mon Dieu! que faire? que faire?

— Si j'osais donner un conseil à monsieur le marquis, — reprit Durand, — je l'engagerais à se servir des lettres qui sont en mon pouvoir, pour désavouer la signora dona Sol, et faire déclarer devant les tribunaux l'illégitimité de sa naissance.

— Vous êtes insensé! — répondit mon père, — en broyant le parquet avec le talon de sa botte; — vous ne voyez donc pas qu'en déshonorant publiquement celle qui porta mon nom, je fais une tache à ce nom?

« Oh! si elle vivait encore !

Il se tut pendant un instant.

— Si elle vivait encore! — reprit-il, — je n'invoquerais pas contre elle la justice des hommes, je me ferais justice moi-même! Elle est morte, que Dieu lui pardonne.

« Mais sa fille vit ! sa fille vit et traine dans la boue un nom qui ne lui appartient pas !

« Comme j'aurais fait justice de la mère, je ferais justice de la fille !

« Mais d'abord, — reprit-il après un court silence, — qui m'assure que ce que vous me dites est vrai ? Des preuves ? il me faut des preuves ?

— Monsieur le marquis veut-il me suivre ? — fit Durand.

— Oui, — répondit mon père d'une voix faible et comme épuisée par les éclats de colère qu'il avait laissé échapper l'instant d'auparavant.

Et je l'entendis sortir de la chambre avec l'intendant.

Une pensée rapide comme l'éclair traversa mon esprit dans ce moment.

Je me souvins de la nuit d'insomnie, pendant laquelle j'avais vu, de ma fenêtre, Durand examinant une liasse de papiers. Je me souvins de l'armoire secrète, et j'entrevis la vérité.

— Oh ! peut-être ! — pensais-je, — oh ! peut-être est-il encore temps !

Et tout en me disant cela, je franchis, plutôt que je ne les descendis, les marches de l'escalier dérobé.

Quand j'arrivai chez l'intendant, il n'y avait personne encore.

Une lampe brûlait sur une table.

A la clarté de cette lampe, je trouvai le ressort et j'ouvris l'armoire : des papiers épars gisaient sur l'un des rayons.

Je rassemblai ces papiers avec mes deux mains, et je m'approchai de la lumière.

C'était bien l'écriture de ma mère.

J'étais sauvée !

J'allais fuir. J'entendis des pas. Il n'y avait qu'une porte.

J'étais perdue !

J'eus le temps cependant et la présence d'esprit de me jeter derrière le rideau de l'une des fenêtres.

Par un étroit entrebâillement, je voyais dans la chambre.

Ils entrèrent....

Oh ! que mon père était changé ! Dans une heure il avait vieilli de dix ans.

Durand prit la lampe, s'approcha de l'armoire et l'ouvrit.

Un cri de rage s'échappa de ses lèvres.

Mon cœur bondit.

Ce cri de rage fut suivi d'un cri de triomphe, et Durand présenta à mon père, un papier qui restait dans l'armoire.

Une des lettres m'avait échappé !!!

. . . .

Mon père lut.

Ses traits déjà si altérés se décomposèrent encore.

Il s'approcha de la cheminée sur laquelle étaient placés deux larges flacons de vin de Xérès. Il en déboucha un et le vida d'un trait.

Jamais d'ordinaire, mon père ne buvait de vin.

Puis il décrocha un pistolet pendu à la muraille et dit à Durand :

— Restez là. Je veux quand le crime sera commis, qu'il n'y ait que moi d'accusé, que moi de puni !

Puis il sortit. Durand le suivit malgré son ordre.

Alors, moi, je quittai ma cachette. J'allumai à la lampe les papiers que je tenais à la main, et je jetai cette masse enflammée sur le lit qui s'embrasa aussitôt.

Ma tête était perdue! j'étais folle!

La fumée commençait à remplir la chambre. J'ouvris une fenêtre. Il n'y avait que quelques pieds jusqu'au sol, je m'élançai dans la cour.

L'obscurité était profonde; je me mis à courir du côté du parc, sans savoir où j'allais.

Peu à peu la fraîcheur de la nuit calma ma tête embrasée. Je m'arrêtai.

Alors, je vis venir à moi, du côté opposé au château, deux figures indistinctes d'abord.

Je me jetai machinalement derrière un arbre.

Ces figures s'approchèrent. Je reconnus Luiggi et son parent.

Je tombai dans les bras de Luiggi en murmurant :

— Nous sommes perdus! fuyons! fuyons!

Luiggi ne comprenait pas.

Je lui contai avec rapidité et incohérence ce qui venait de se passer.

Luiggi me crut folle un moment; mais bientôt une lueur rougeâtre, jeta ses reflets sanglants sur le parc, et annonça que l'incendie grandissait.

Tout ce j'avais vu, tout ce que j'avais dit, n'était donc pas un rêve.

Nous partîmes.

IV

Confession générale (*suite*).

Nous passâmes d'abord chez Juanita qui m'était toute dévouée.

Je lui recommandai de ne jamais se séparer de mon enfant, je lui remis un billet pour Martha la vieille femme de charge, à qui je demandais de m'envoyer mes bijoux, et de l'argent dont nous avions grand besoin.

M. Henry était le seul de nous qui eut quelques pièces d'or sur lui. Luiggi et moi nous n'avions que nos vêtements.

Juanita courut au château, où, dans la confusion occasionnée par l'incendie dont on venait seulement de se rendre maitre, elle n'eut point de peine à parler en particulier à Martha.

Celle-ci rassembla immédiatement tout ce qui m'appartenait et tout ce dont elle-même pouvait disposer et vint en grande hâte à la demeure de Juanita.

Elle m'apprit alors qu'elle venait d'être témoin d'une scène étrange et terrible.

En attendant que je vinsse me mettre au lit, elle dormait à demi dans un coin de ma chambre.

Soudain elle fut réveillée en sursaut par le bruit de la porte qu'on ouvrait violemment.

Mon père entra.

Il tenait un pistolet à la main, et chancelait comme un homme ivre.

Il s'approcha du lit où j'aurais dû reposer, et, écartant le rideau d'une main si furieuse qu'il mit en pièces l'étoffe de lampes, il détourna la tête et déchargea son arme sur le chevet du lit.

Puis, au bruit du coup de feu, et comme frappé lui-même par la balle, il tomba raide et évanoui.

En ce moment Durand entra avec l'apparence de la plus profonde surprise.

Il courut d'abord au lit, et, le voyant vide, il s'empressa avec Martha de prodiguer des soins au marquis.

C'est alors que se déclara l'incendie.

On transporta mon père hors du château, et, au moment où Martha le quitta pour venir me trouver, il n'avait pas encore repris connaissance.

La pauvre femme me dit adieu en pleurant et me promit de me tenir au courant de tout ce qui se passerait, en adressant ses lettres à un nom supposé, et dans un lieu que je me réservais de lui indiquer plus tard.

M. Henry avait un passeport. Il nous y inscrivit Luiggi et moi comme son frère et sa sœur. Juanita nous procura des chevaux, et nous nous mîmes en route.

Je n'avais, on le pense bien, révélé à personne, pas même à Luiggi, le secret de ma naissance.

Mon projet était d'aller en Italie.

Bientôt, en effet, nous arrivâmes à Rome.

De là j'écrivis à Martha ; je lui indiquai une adresse, et j'appris, par sa réponse, que depuis le jour où mon père avait voulu me tuer, il était fou.

Durand administrait toute sa fortune.

Je voyageais, disait-on.

C'est alors que je bénis le ciel d'avoir, dans un moment d'égarement, la nuit fatale où je quittai Sau-Perez, mis le feu aux lettres accusatrices que j'avais dans les mains, et qui avaient embrasé bientôt l'appartement tout entier.

Non-seulement ces papiers furent consumés, mais encore la flamme atteignit cette malheureuse lettre que j'avais oubliée dans la cachette de l'armoire, et que mon père avait laissé tomber, après l'avoir lue et l'avoir broyée dans ses doigts contractés.

Si Durand était resté possesseur de cette lettre, il aurait, je n'en doute pas, essayé de s'en servir, pour faire déclarer en justice mon illégitimité, ou, tout au moins, pour faire du scandale et me déshonorer.

Les preuves étant détruites, il ne lui restait plus qu'à se taire et à chercher sourdement à me perdre.

Martha me mandait qu'il était venu à bout de savoir, selon toute apparence, de quel côté j'avais dirigé ma fuite, et certes il était capable de tout, même de payer des assassins.

A cette époque, je résolus de me séparer pour quelque temps de mes deux compagnons, car je pensais que notre réunion pouvait plus facilement faire retrouver mes traces.

Tous deux approuvèrent ce projet.

Henry me procura une femme de chambre ou camériste, sorte de vieille duègne italienne qui se nommait Mathéa, et je me mis en route pour Genève, en y donnant rendez-vous à Luiggi.

Pauvre Luiggi! j'ai toujours conservé, je conserverai toujours le petit poignard curieusement ciselé qu'il me fit accepter en me quittant, car aujourd'hui, pour moi, c'est un dernier souvenir!

Pauvre Luiggi! je ne devais plus le revoir! Peu de temps après mon départ, il eut un duel et perdit, par un coup d'épée, cette vie qu'il m'aurait, j'en suis sûre, consacrée tout entière.

Je portais malheur à tous ceux que j'aimais!

Carlos! Luiggi!

Deux amours... Deux tombeaux!!

Pendant notre voyage de Rome à Genève, Mathéa m'apprit qu'elle avait fait tous les métiers dans le cours de sa longue et aventureuse carrière.

Elle avait, entre autres choses, à ce qu'il paraît, rempli de la façon la plus distinguée le noble emploi d'entremetteuse.

— Au reste, — disait-elle, — cela n'a rien de peu honorable en Italie, où toutes les grandes dames sont...

Et ici elle employait une expression que je ne répéterai certainement pas, mais dont les deux mots : *femme galante* sont loin d'être le synonyme.

Le jour même de notre arrivée à Genève, nous trouvâmes un petit logement où nous nous établîmes.

Depuis une semaine à peu près, je me reposais des fatigues de mon voyage, je n'étais point encore sortie, et d'ailleurs je comptais mener l'existence la plus obscure et la plus sédentaire, pour échapper à toute attention et à toute recherche, quand, une après-midi, je vis rentrer Mathéa, portant sur sa figure les signes irrécusables du plus profond étonnement.

— Qu'avez-vous? — lui dis-je.

— Ah! Jésus, bon Dieu!.. Seigneur... — fit-elle.

— Qu'avez-vous? — répétai-je.

— Ah! Jésus, bon Dieu! — répéta-t-elle à son tour.

— Parlerez-vous? — fis-je impatientée.

— C'est un miracle, signora, bien sûr!

— Quoi donc!

— Ce que j'ai vu, signora, ce que j'ai vu!

— Qu'avez-vous vu?

— *Vous!..*

— Moi!.. — dis-je, ne comprenant point la réponse de la femme de chambre.

— Comme je vous vois... oui, signora, comme je vous vois...

— M'expliquerez-vous, enfin, si vous vous moquez de moi, et si vous comptez abuser bien longtemps de ma patience?

— Enfin, signora, vous êtes...

— Je suis?..

— Vous êtes double! voilà le mot lâché.

— Vous êtes folle! — m'écriai-je en haussant les épaules.

— Pas du tout, je ne suis pas folle! écoutez plutôt, signora...

Mathéa me fit alors un récit assez long et fort confus, dans lequel pourtant je démêlai ceci :

Étant occupée à faire quelques emplettes dans un magasin, elle avait vu entrer une jeune femme qui me ressemblait d'une manière si prodigieuse, qu'elle s'était laissée prendre à cette ressemblance, s'était approchée de l'inconnue et lui avait parlé.

Le son de voix même n'avait pas détruit son illusion, car ce son de voix était presque pareil au mien, et, pour se convaincre qu'elle était dans l'erreur, il avait fallu qu'elle s'entendit traiter de folle par la jeune femme qu'elle s'obstinait à reconnaître.

Quand cette dernière fut sortie du magasin, Mathéa fit sur son compte une foule de questions, et apprit qu'elle était Genevoise, se nommait Danaë, et passait pour une femme de mœurs excessivement légères pour ne pas dire plus.

Je compris à l'instant tout le parti que je pourrais tirer de cette miraculeuse ressemblance, pour échapper aux pièges qui me seraient peut-être tendus.

Mon plan fut bien vite arrêté, et je résolus d'acheter pour quelque temps à cette jeune femme son nom et son individualité.

On comprend, d'après ce que j'ai dit, trop franchement peut-être, de mes passions et de ma nature ardente, qu'il n'y avait rien d'effrayant pour moi dans les suites d'une position pareille.

Au contraire, pouvoir satisfaire tous mes goûts, tous mes caprices, le front levé, sans gêne et sans pudeur, cela convenait merveilleusement aux allures de mon caractère.

J'allais voir Danaë.

Telle était notre incompréhensible ressemblance, que,

placées l'une à côté de l'autre devant une glace, nous ne pouvions distinguer qu'à la couleur de nos vêtements qu'elle était, dans la double image, l'image de chacune de nous.

Danaë accepta une somme d'argent que je lui offris, et il fut convenu qu'elle allait feindre une maladie qui lui permettrait de passer seule avec moi tout le temps nécessaire pour me mettre au courant des moindres particularités du rôle que j'aurais à jouer, de manière à ce que l'identité morale fût aussi incontestable entre nous que l'idendité physique.

Qu'ensuite elle partirait avec les deux femmes qui la servaient, pour aller habiter un châlet dans quelque vallée inconnue de l'Oberland, où personne ne pourrait soupçonner son existence.

Ce plan, habile à force de simplicité, fut exécuté avec un plein succès. Je devins Danaë, et si quelqu'un parfois crut remarquer dans mes paroles ou dans mes souvenirs un peu de vague ou d'incohérence, cela passa presque inaperçu, ou fut attribué aux souffrances de ma maladie.

Peu de temps après cette époque, monsieur Henry arriva à Genève.

Il rencontra Mathéa, qui le mit au fait de tout ce qui s'était passé et me l'amena.

Il me témoigna beaucoup de surprise et de regret du parti que j'avais pris; mais je lui répondis que je comptais bien ne garder que les apparences de l'existence de cette Danaë que j'avais remplacée.

Il parut alors charmé, et me dit qu'il m'aimait depuis le jour qu'il m'avait vue pour la première fois, il me dit que son plus ardent désir était de me servir et de me protéger, et enfin il me demanda d'être à lui, puisque la mort avait fatalement rompu les liens qui m'attachaient à son parent.

Je n'aimais pas Henry, mais, dans les circonstances où je me trouvais, je devais craindre plus que toute chose au monde de m'en faire un ennemi.

D'ailleurs, il était fort bien, et, somme toute, je n'étais pas fâchée d'avoir un amant ostensible qui me servît de *porte-respect*, et fût un paravent pour mes intrigues cachées.

J'acceptai donc.

Ma liaison avec Henry dura longtemps, et, dans les commencements, je n'eus qu'à m'applaudir de mes relations avec lui; peu à peu cependant, il devint soupçonneux, jaloux, difficile à tromper.

Je ne voulais point me séparer de lui tout à fait, je le craignais trop pour cela; mais, fatiguée du vide de mon cœur, je résolus de trouver un amour auquel je pusse m'attacher, et qui fût pour moi une compensation de la tendresse menteuse que j'étais obligée de feindre pour Henry.

A cette époque, passant un jour sur le quai, au moment de l'arrivée des bateaux à vapeur, je vis descendre du Winkelried, un jeune homme, un Anglais, dont la figure me frappa.

Je sus qu'il s'appelait William. . . . .

. . . .

. . . .

. . . .

§

Ici, Georges d'Entragues s'aperçut que le manuscrit était interrompu, et qu'on en avait déchiré plusieurs pages.

A ces pages dona Sol ou Danaë, comme on voudra l'appeler, avait substitué une lettre qui contenait ce qui suit :

§

« Ne vous étonnez point, Giorgione, de ces feuilles dis-
» parues. Ces feuilles contenaient un épisode de ma vie,
» dans lequel vous avez joué un rôle, et dont le récit ne
» vous rappellerait que de tristes souvenirs.

» Je passe donc immédiatement à l'époque qui suivit
» votre départ. »

Vous avez su ma presque rupture avec Henry ; mais ce que vous ignoriez, c'est qu'il m'avait menacée de me perdre si je ne revenais point à lui.

Il pouvait en réalité, sinon me perdre complétement, du moins singulièrement aggraver ma position en faisant instruire Durand, de ce que j'étais devenue ; aussi je le rappelai bientôt à moi, et je sus lui faire croire à un retour de tendresse.

Je n'eus pas du reste à feindre bien longtemps.

Une lettre m'arriva d'Espagne, une lettre de Martha, qui m'apportait de grandes nouvelles.

Le marquis de Ribeira venait de mourir sans avoir pendant un seul instant recouvré la raison.

Ceci fut providentiel pour moi, car Durand n'aurait certes point manqué de profiter d'un moment lucide pour me faire déshériter par testament, et il aurait, je n'en doute pas, trouvé moyen de s'approprier en grande partie la fortune du marquis.

Heureusement cette vengeance était désormais impossible, et Martha me mandait qu'elle venait d'annoncer mon prochain retour d'Angleterre, où l'on me croyait depuis deux ans.

Durand prit alors le parti de disparaître.

Il fit bien, car je vous jure sur mon âme, que si je l'avais rencontré sur mon chemin, je lui aurais brisé dans le cœur ce stylet que le pauvre Luiggi m'avait donné à Rome, et que depuis je n'ai jamais quitté.

J'arrivai à San-Perez, et j'entrai sans conteste en possession de la fortune de celui qui passa pour mon père.

Mon enfant n'avait pas vécu.

Je suis immensément riche.

On m'a souvent dit que j'étais belle.

Souvent encore on m'a dit que j'avais de l'esprit.

Fortune, esprit, beauté, vous le voyez, rien ne me manque de tout ce que l'on recherche dans une une femme ; aussi je suis entourée déjà de nombreux et nobles prétendants, qui tous sollicitent ma main, et celui que je choisirai .....

Celui-là croira avoir épousé la plus pure jeune fille des Espagnes !

Vous savez aujourd'hui, Giorgione, l'histoire de ma vie, et vous ne pensiez point parler si vrai, n'est-ce pas, le jour où vous me disiez :

— N'aimez, n'aimez personne, Danaë, car vous avez un amour qui tue ?

Adieu ! adieu ! pauvre Carlos !

Adieu, Luiggi !

Adieu, William !

Adieu !.. trois amours ! trois tombeaux !!

. . . .

Ce fut une destinée bien étrange que la mienne !

Si étrange que, certes, quelqu'un qui aurait connu Danaë, la Genevoise, n'oserait point la reconnaître dans dona Sol, la noble fille Espagnole !

Et puis d'ailleurs Danaë vit encore.

Elle est à Genève, toujours la charmante et blonde courtisane ; seulement en vous revoyant, Giorgione, son cœur ne battrait pas, et si vous lui parliez d'un William, mort pour elle, elle ne saurait pas même que William a existé.

Ici finissait le manuscrit de Danaë.

V

Le frère et la sœur.

Nos lecteurs se rappellent sans doute que nous avons brusquement abandonné Perdita, notre héroïne, au moment où, sortant du bal de l'Opéra, elle venait de monter dans une voiture qui stationnait rue Grange-Batelière, à l'entrée de l'étroit passage qui mène à la galerie de l'Horloge.

Deux individus l'accompagnaient, avons-nous dit ; l'un, que Perdita croyait être le général Carol, s'enveloppait soigneusement dans les plis d'un large domino noir ; l'autre paraissait jeune encore, et était revêtu d'un élégant costume de *Palicare*.

C'est ce *Palicare*, on s'en souvient, qui avait prononcé à la porte de la loge les mots de passe mystérieux : *Stéphen et Perdita,* et c'est lui qui avait fait briller aux yeux de la jeune femme le cachet blasonné, sur lequel elle avait reconnu les armoiries de son talisman.

Voici qu'elle était, dans la voiture, la position de ces trois personnages.

Perdita et le prétendu général occupaient le fond, Perdita à droite, le domino noir à gauche.

Le Palicare était assis en face d'eux sur la banquette de devant.

Un domestique nègre, ou du moins paraissant tel, avait pris place à côté du cocher.

Le Palicare, au moment où la voiture s'était mise en mouvement, avait baissé les stores, précaution en apparence bien inutile à deux ou trois heures du matin.

Enfin (singulière infraction aux règlements de police les plus sévères et généralement les mieux observés), les lanternes de la calèche n'étaient point allumées.

Le Palicare, peut-être l'a-t-on déjà deviné, était le comte Georges d'Entragues.

L'homme en domino noir, destiné à jouer le rôle d'un personnage muet dans le drame qui commençait, était ce hideux coquin, recruté par M. d'Entragues dans l'établissement de la mère La Hure, rue des Fossés-du-Temple, et orné du pseudonyme de l'*Enrhumé*.

Le cocher était Rosolio.

Le domestique nègre, enfin, si l'on eût enlevé l'épaisse couche de bistre qui recouvrait ses traits, eût montré le visage peu agréable de l'*Amour*, notre ancienne connaissance.

Pauvre, pauvre Perdita! dans quelles mains étiez-vous tombée!

— Ma mère! ma mère! — répétait à demi-voix la jeune femme profondément émue. — C'est donc bien vrai! j'ai une mère! je vais voir ma mère!

Puis, se tournant vers l'homme en domino noir, et lui serrant la main avec effusion, elle ajoutait :

— Oh! mon ami, comprenez-vous toute ma joie, et n'êtes-vous pas heureux de mon bonheur? Je vais la voir, enfin, celle que depuis si longtemps je cherche et je désire! celle qui depuis tant d'années me pleure et me regrette...; car elle m'aime, n'est-ce pas, ma mère? — interrompit tout d'un coup la jeune femme en s'adressant à M. d'Entragues; — elle m'aime autant que je l'aime....., autant que je l'aimerai, moi...

— Elle vous appelle, elle vous attend, — répondit M. d'Entragues; — elle vous aime sans vous connaître, et bientôt elle vous aimera plus encore, car, peut-on vous voir, Madame, et ne pas vous aimer?

— Vous la connaissez. vous, n'est-ce pas?...

— Je la connais, Madame.

— Vous la voyez souvent, peut-être?

— Souvent, oui, Madame; tous les jours.

— Comme vous êtes heureux de connaître ma mère... parlez-moi d'elle, Monsieur, dites-moi tout! Je vais la voir, je le sais, mais qu'importe? parlez-moi d'elle maintenant, tout de suite... elle est belle, n'est-ce pas?

— Elle est belle encore, oui, Madame.

— Elle est douce et bonne aussi, j'en suis sûre...

— Elle est douce et bonne, elle est riche, elle est noble...

— Que m'importe sa noblesse? que m'importe sa fortune?... ce que je sais, ce que je sens, ce qui me rend heureuse et fière, c'est qu'elle est belle, c'est qu'elle est bonne, c'est qu'elle pensait à moi avec des regrets, avec des larmes, mais confiante cependant et bien sûre que son enfant lui reviendrait un jour !... Sait-elle qu'elle va me voir ? Sait-elle, que chaque minute, que chaque seconde me rapproche un peu de son premier baiser! du premier baiser de ma mère !!!

— Elle le sait, oui, Madame...

— Elle doit être heureuse alors, et inquiète tout à la fois... heureuse de l'espoir, inquiète de l'attente... Comme nous allons lentement, Monsieur.

— Les chevaux brûlent le pavé !

— C'est donc bien loin, mon Dieu ! c'est donc bien loin...

— Nous approchons, Madame.

— Dans combien de temps serons-nous arrivés?

— Dans dix minutes, tout au plus.

— Dix minutes! comme c'est long !

— Vous trouvez?

— C'est une année, c'est un siècle, quand on va voir sa mère!... Dites-moi, Monsieur, est-ce vous ou elle qui, le premier, avez trouvé les indices qui devaient vous amener jusqu'à moi.

— Nous avons cherché tous deux, et nous avons trouvé ensemble.

— Vous avez cherché tous deux! mais qui donc êtes-vous, Monsieur? qui donc êtes-vous, pour être ainsi mêlé à la vie de ma mère ?

— C'est un secret, Madame...

— Un secret !

— Qu'il ne m'appartient point de vous révéler encore.

— Eh bien ! moi, je le devine...

— Vous le devinez, Madame ! — s'écria Georges en

tressaillant involontairement et en se sentant frissonner malgré le double abri du masque et de l'obscurité.

— Je le devine, — répondit Perdita en saisissant la main de Georges et en l'appuyant sur son cœur, par un geste rapide et passionné. — Je le sens là, à ce je ne sais quoi qui ne trompe jamais, vous êtes...

— Je suis ?...

— Vous êtes mon frère !

Nous ne saurions faire comprendre à nos lecteurs l'impression foudroyante que produisirent, sur M. d'Entragues, ces quatre mots : *Vous êtes mon frère !* prononcés ainsi dans cette situation dramatique, et d'une façon si complétement inattendue, par cette jeune femme qu'il allait sacrifier à ces machinations infernales ; par cette jeune femme dont l'instinct ne se trompait point, et dont le cœur devinait juste, car cette jeune femme était sa sœur.

Un frisson d'agonie passa dans les membres de Georges ; il sentit sous son *fez* brodé d'or, la racine de ses cheveux devenir douloureuse, et pendant près d'une minute il essaya vainement de parler : sa langue, paralysée par l'émotion, se collait à son gosier brûlant, et ne pouvait articuler aucun mot.

Telle serait sans doute la situation du criminel devant la cour d'assises, s'il voyait tout d'un coup le cadavre de sa victime se relever et l'accuser.

— N'est-ce pas, — répéta la jeune femme, d'une voix douce, tendre, et presque suppliante, — n'est-ce pas que vous êtes mon frère ?

— Non, Madame, répondit enfin le comte d'Entragues d'une façon à peu près indistincte. — Un si grand bonheur ne m'appartient point...

— C'était un rêve, — dit alors Perdita, en lâchant la main de Georges, que sans les gants qu'ils portaient tous les deux elle eût senti glacée et frissonnante dans la sienne. — Il m'eût été si doux de retrouver à la fois l'affection d'un frère et l'amour d'une mère! Quand on a souffert, comme moi j'ai souffert, Monsieur ; que le ciel redevient pur après de longs orages, et qu'on entrevoit le bonheur, l'âme devient ambitieuse tout d'un coup, et les désirs sont insatiables...

Perdita se tut pendant un instant, et reprit d'une voix troublée et brisée par l'émotion :

— Dites-moi....., Monsieur....., mon père vit-il encore ?

— Depuis vingt ans, Madame, vous n'avez plus de père.

— Ai-je un frère..., une sœur ?...

— Ni l'un, ni l'autre, Madame.

— Ainsi, dit Perdita, — ainsi ma pauvre mère était seule..., seule au monde, tandis que moi...

Et la voix de Perdita s'éteignit dans un sanglot.

Elle baissa la tête et resta pendant un instant triste, silencieuse, absorbée, tandis que de grosses larmes, glissant goutte à goutte sous le velours noir de son masque, tombaient sur le camail de son domino rose.

Elle revit, pendant les deux ou trois minutes qui s'écoulèrent ainsi, elle revit par le souvenir toutes les années de son existence passée, elle revit ses douleurs sans nombre, ses amours, ses souillures, et elle se dit avec une profonde angoisse qu'elle ne pourrait, sans rougir et sans pleurer raconter à sa mère l'histoire de sa triste jeunesse.

Elle se dit, ce qui n'était, hélas! que trop vrai, qu'aux

regards s´ ... res du monde elle passait pour une fille perdue, qu'on pourrait sans cesse lui jeter à la face d'avoir
donné son amour, et peut-être de l'avoir vendu, et qu'enfin elle allait se présenter à sa mère, dans leur première
entrevue, vêtue encore de la livrée des impures saturnales
du bal de l'Opéra, et accompagnée par un homme que la
rumeur publique et toutes les apparences lui donnaient
pour amant.

Ce fut là une pensée terrible, une pensée qui paralysa
en une seconde toute sa joie, et qui jeta un voile sombre
et froid sur son bonheur.

Car, tandis qu'une vision lugubre lui montrait son passé
flétri, une autre vision, plus triste encore peut-être, lui
dévoilait, dans un mirage fantastique, ce qu'eussent été
en ce moment les sensations de son âme, si, mieux gardée
par le hasard ou par la Providence, elle avait pu lever le
front devant sa mère, et l'aborder avec cette sainte et rayon-
nante confiance qui donne à toute jeune fille une âme pure
dans un corps chaste.

Et Perdita, la pauvre enfant, se prit à trembler, se prit
à craindre de se voir maudite et chassée par sa mère,
comme si la fatalité ne se fût pas acharnée après elle pour
la faire ce qu'elle était devenue, et comme si elle n'avait
pas le droit d'être fière comme d'auta t de glorieuses actions de toutes les fautes qu'elle n'avait point commises.

Mais, peu à peu s'effaça l'impression de cette pensée
désespérante; peu à peu Perdita, dont le noble cœur était
apte à comprendre et à deviner tous les sentiments géné-
reux, toutes les délicatesses de l'âme, se dit que l'amour
d'une mère qui retrouve sa fille domine toute colère et
paralyse tout regret, que le premier baiser d'une mère ra-

chète toutes les fautes et relève de toutes les souillures.

Et Perdita, qui, pendant un instant, en était arrivée à désirer avec ardeur que l'heure de sa réunion avec sa mère fût indéfiniment retardée, et peut-être ne sonnât jamais, Perdita releva la tête et dit à Georges d'Entragues, qui, plongé lui-même dans de sombres et profondes réflexions, tressaillit en entendant sa voix :

— Arrivons-nous, enfin, Monsieur ?

— Soyez patiente pendant une minute encore, Madame, nous arrivons, nous touchons au but.

Pour la première fois, en ce moment, Perdita remarque que les roues de la voiture ne faisaient aucun bruit, et paraissait rouler sur la terre et non plus sur le pavé.

En effet, depuis quelques minutes la barrière était dépassée, et la calèche courait sur la route de Vincennes.

— Où sommes-nous donc ? — demanda la jeune femme.

— Tout près de votre mère, — répondit M. d'Entragues.

— Nous avons quitté Paris !

— Oui, Madame.

— Mais, il y a plus d'une heure que nous sommes partis de l'Opéra ?

— Il y a une heure un quart environ, Madame.

— Et vous dites que nous approchons?

— Je dis que nous sommes arrivés, ou peu s'en faut.

En prononçant ces paroles, M. d'Entragues fit jouer le ressort de l'un des stores, et Perdita, jetant un regard sur la campagne splendidement éclairée par la lune, dit en désignant une faible lumière qui brillait isolée sur la gauche :

— Est-ce là que nous allons, Monsieur ?

— C'est là, répondit Georges.

— Comme le cœur me bat, mon ami! — dit la jeune femme en prenant la main de l'homme en domino noir.

Ce personnage serra la main de Perdita, mais ne répondit point.

— Ma mère! ma mère! — murmura Perdita avec une sorte de délire. — J'ai une mère! Je vais voir ma mère!

La voiture s'engagea dans le petit chemin bordé d'une haie d'épines, et s'arrêta devant la porte à claire-voie qui fermait la cour du pavillon loué peu de jours auparavant par le comte d'Entragues et par Ros.lio.

VI

La petite maison.

Au moment où la voiture s'était arrêtée devant le *pavillon de chasse*, l'Amour avait lestement sauté en bas de son siége, et, tirant une grosse clef de sa poche, il s'en était servi pour ouvrir la porte de la cour.

Cela fait, il était venu se placer devant les chevaux, tandis que Rosolic descendait du siége à son tour.

Georges d'Entragues ouvrit la portière, abaissa le marche-pied et donna la main à Perdita pour l'aider à descendre aussi de voiture.

Le prétendu général Carol les suivit, appuyant son masque sur sa figure pour l'empêcher de se déranger.

Ils traversèrent ainsi la petite cour, et arrivèrent à la porte de la grande pièce du rez-de-chaussée.

Rosolio marchait à trois ou quatre pas derrière eux.

La chambre dans laquelle ils entraient (nous l'avons dit précédemment) était destinée à recevoir les buveurs, dans le temps où la bicoque en question était une guinguette.

On avait fait disparaître à la hâte les tables et les esca-belles, ce qui veut dire qu'en enlevant à cette pièce sa physionomie de cabaret, on lui avait restitué sa nudité primitive et sinistre.

Deux bougies consumées à demi brûlaient sur la che-minée.

Perdita, dominée par une émotion toute-puissante, ne remarqua point l'apparence triste et misérable du lieu dans lequel elle se trouvait.

Sa poitrine se soulevait haletante, son regard était pour ainsi dire voilé par un nuage, elle chancelait, elle sentait ses jambes fléchir et se dérober sous elle.

Souvent, bien souvent, l'attente d'une joie surhumaine produit des effets identiquement semblables à ceux qui trouvent leur cause dans quelque douleur poignante et inattendue.

Tant il est vrai, que lorsque l'âme est énergique et viri-lement trempée, cette frêle machine qu'on appelle le corps humain devient quelquefois pour elle une enveloppe gê-nante, par sa fragilité et par son impuissance.

Aussi n'est-il point rare de voir l'âme briser le corps, et, pour nous servir d'une expression devenue banale, mais qui rend admirablement notre pensée : *la lame user le fourreau.*

Quoi qu'il en soit, Perdita, cette femme que nous avons toujours trouvée si forte et si résolue devant le danger, si courageuse et par moments si grande, dans les situations terribles où l'avaient jetée plus d'une fois les hasards de sa vie errante, Perdita, disons-nous, était devenue tout à coup une sorte d'enfant sans énergie et sans volonté, en touchant à cette heure suprême, où (du moins elle devait le croire), la pensée dominante de toute son existence, le plus ardent de ses vœux allait enfin se trouver exaucé.

Elle se soutenait sous le bras de l'homme en domino noir, et certes, si cet homme eût été autre chose qu'une brute grossière et stupide, il eût senti son cœur s'émouvoir aux tressaillements fiévreux et convulsifs du bras de cette pauvre femme.

M. d'Entragues prit un flambeau sur la cheminée, et s'avançant vers le fond de la pièce, où commençaient les marches de l'escalier qui conduisait au premier étage, il fit un signe à Perdita, en lui disant :

— Venez Madame.

L'escalier était étroit.

Perdita fut obligée de quitter le bras de l'homme au domino qui resta en arrière.

Georges d'Entragues monta dix-huit marches, ouvrit la porte de la chambre à coucher et entra.

Perdita s'arrêta sur le seuil, et d'un brûlant regard embrassa tout l'intérieur de la chambre.

Georges comprit ce regard.

— Entrez Madame, dit-il.

Perdita obéit machinalement.

— Asseyez-vous, — ajouta le jeune homme en désignant un fauteuil placé auprès de la cheminée.

Perdita s'assit ou plutôt se laissa tomber dans ce fauteuil, en murmurant d'une voix presqu'inintelligible :

— Mais... elle, Monsieur... ma mère... où est-elle? vais-je la voir enfin??

— La moitié de ma tâche est accomplie, Madame, — répondit Georges d'une voix grave et qui semblait émue.

— Je m'étais imposé comme une mission sainte, comme un devoir sacré de vous ramener dans les bras de votre mère... Vous êtes en ce moment sous le toit qu'elle habite. — Il me reste maintenant à faire une dernière démarche, dont je vais m'acquitter à l'instant...

— Laquelle... Monsieur... laquelle ?...

— C'est de lui dire *à elle :* VOTRE FILLE EST LA, elle vous attend !

— Oh ! qui que vous soyez, Monsieur, — s'écria la jeune femme en portant à ses lèvres la main de Georges d'Entragues, — oh ! qui que vous soyez, merci pour ma mère et pour moi, merci, car vous êtes noble et bon.

George s'inclina et répondit :

— J'ai pensé, Madame, que votre entrevue avec votre mère ne devait point avoir de témoins... Votre ami, votre protecteur le général Carol, l'a pensé comme moi, aussi il attendra vos ordres, pour venir partager votre émotion et votre joie. Voici le cordon d'une sonnette, vous l'agiterez quand vous désirerez la présence de M. Carol.

Après avoir prononcé ces paroles, Georges d'Entragues s'inclina de nouveau, et sortit en fermant la porte derrière lui.

Il franchit, plutôt qu'il ne descendit les dix-huit marches de l'escalier et arriva dans la salle d'en bas, où Rosolio et l'*Enrhumé,* s'occupaient à allumer un immense feu de fascines, après avoir préalablement avalé quelques petits verres d'eau-de-vie, ainsi que l'attestait une bouteille à moitié vide, posée sur le marbre de la cheminée.

Rosolio avait pensé qu'il serait utile, *hygiéniquement* parlant, de combattre à l'intérieur par l'alcool, le froid qu'il s'apprêtait à combattre extérieurement par la chaleur du foyer.

En entendant M. d'Entragues, il quitta la pose accroupie qu'il avait prise devant la cheminée, pour allumer le feu à grands renforts de poumons, et fit deux pas audevant du jeune homme qui venait d'ôter son masque, et dont le visage bouleversé était en ce moment d'une pâleur livide et cadavéreuse.

— Hein ? — fit Rosolio, avec l'insolente familiarité dont il avait pris l'habitude, — j'espère que ça a marché d'une façon un peu *chouette !* La donzelle n'a pas eu seulement le bout de la queue d'un soupçon ! je dis que voilà un enlèvement ficelé !

— Oui, tout va bien, — répondit Georges ; maintenant le reste est facile et dépend de vous.

— Ça sera fait ! — dit Rosolio.

— Vous savez la consigne ?

— *Un peu, mon neveu ! !*

— Vous vous rappelez le mot d'ordre ?

— A mort.

— Et vous n'ouvrirez qu'à celui qui, après avoir frappé trois coups à la porte dira...

— *Galuchet pour toujours ?* connu ! archi connu !

— Vous aurez du reste pour cette fille les plus grands égards...

— Quand à ça je me pique d'avoir avec le sexe un *chic* légèrement *chicandard !* je suis comme le *champ* (1), velouté, montant et coquet !

— Vous l'empêcherez cependant de faire trop de tapage.

(1) *Champ,* Champagne.

— *D'Autor !*

— Et vous tâcherez de la calmer...

— *D'achar !*

— Faites-lui comprendre que sa captivité ici n'est que momentanée, et qu'il ne lui sera fait aucun mal.

— Suffit ! on s'y conformera.

— Si d'ailleurs après quelqu'une des crises violentes que je prévois, elle se trouvait mal, vous savez qu'il y a un flacon d'éther avec les autres provisions... ce flacon porte une étiquette...

— Rapportez-vous-en... j'ai eu un ami... de cœur... qui avait été *celui* d'un docteur *orpheopate !*

— Enfin, rappelez-vous bien que vous ne devez quitter cette maison ni le jour ni la nuit...

— Et ça n'est pas le plus drôle de l'affaire...

— Aussi je vous donne deux napoléons par jour...

— Plus cinq mille *balles*, quand on pourra sans inconvénient ouvrir la cage et lâcher l'oiseau.

— Ce qui est promis est promis.

— Et ce qui doit être fait sera fait.

— Je viendrai dans deux jours, pour voir comment tout marche.

— Vous me trouverez là, solide au poste... bon pied ! bon œil !

— *L'Amour* arrivera demain soir s'intaller ici, afin que, quand l'un de vous dormira, les deux autres veillent et soient sur leurs gardes.

— Suffit, *la prudence est la mère de la dureté !*

Ce proverbe, singulièrement modifié, comme on peut le voir, par Rosolio, mit fin à la conversation. Georges prit sur une chaise un large manteau dont il s'enveloppa par-dessus son costume, remplaça son *fez*, par un chape u mécanique qui était avec le manteau, jeta son masque au feu et sortit de la maison dont Rosolio referma et verrouilla immédiatement la porte.

Georges réveilla *l'Amour* qui, tout engourdi par le froid, s'était à moitié endormi contre l'un des piliers de la porte d'entrée, il monta sur le siége à côté de lui, saisit les guides et lançant à force de coups de fouet, les chevaux de louage au galop, prit le chemin de Paris avec une vitesse prodigieuse.

Il était à peu près cinq heures du matin quand il arrêta la voiture à l'angle de la rue Saint-Georges et de la rue Saint-Lazare. — Là, il remit les rênes à l'Amour qui savait où l'on devait remiser le véhicule, et après lui avoir donné un napoléon et recommandé d'être le lendemain à dix heures du soir à la maison de Vincennes, il reprit à pied le chemin de sa maison.

Disons en passant que si M. d'Entragues avait la précaution de retourner pédestrement chez lui, c'est que l'Amour, instrument passif, ne savait, (non plus que Rosolio d'ailleurs), ni sa demeure, ni son nom, et qu'il désirait leur voir conserver cette heureuse ignorance, car lui aussi se disait comme l'Italien, mais sans variante : *la prudence est la mère de la sûreté.*

§

On se rappelle que M. d'Entragues en quittant son logis, la veille au soir, pour se rendre au bal de l'Opéra dont nous connaissons les résultats, avait laissé le baron Aymeric Croisé de la Croisette, chevalier de plusieurs ordres et commandeur de quelques autres, en train de fumer un nombre infini de cigares et de consommer une quantité indéterminée de verres de grog et de verres de punch, le tout en compagnie du prince Krakopouloff.

Il les trouva, en rentrant, profondément endormis tous les deux au coin du feu, ronflant à qui mieux mieux, et exécutant ainsi un duo d'un effet fort original, dans lequel le baron de la Croisette était la basse taille, et le prince Krakopouloff le ténor.

Georges sans les réveiller passa dans sa chambre à coucher et se hâta d'ôter son costume de *palicare* dont il fit un paquet qu'il jeta au fond d'une armoire. Ayant revêtu en quelques minutes à la place de ce travestissement des vêtements de soirée, il rentra au salon, s'assit, lui aussi, devant le feu qu'il ranima, mais au lieu de sommeiller à son tour, il prit un cigare et se plongea tout à la fois dans un nuage de fumée blanche et dans une sombre rêverie.

Tout à coup Georges fut arraché aux pensées qui plissaient son front et contractaient les coins de sa bouche, par quelques mots entrecoupés que prononçait le baron de la Croisette.

Il le regarda, le croyant éveillé.

Le baron dormait toujours, seulement son sommeil, calme jusqu'à ce moment comme celui du juste, se peuplait évidemment de mauvais rêves et tournait au cauchemar.

Voici ce que disait le baron, et tout en parlant il remuait les doigts comme fait un homme qui manie des cartes :

— Vous tournez le roi!... ça vous fait quatre points !.. je vous demanderai des cartes... vous me priez de jouer!

Ah ! Monsieur ! !. *carreau*... vous coupez et *atout, atout... atout !* J'ai perdu !., sapristi ! sapristi ! La bouillotte... je veux bien... *je fais mon argent. Tenu.* J'abats... *brelan de rois !...* Il a un *brelan carré !* je suis perdu ! j'avais fait mon argent ! je suis assassiné ! ! assassiné ! assassiné !

Le baron souffla deux ou trois fois péniblement, puis reprit :

— Oui, Monsieur... banquo ! *Le roi, l'as, le sept, le trois, le roi !* perdu ! Je *prends la main...* vous tenez tout... mille louis, c'est beaucoup ! enfin, va ! *as, deux, roi, valet, dame, deux !* Fatalité ! fatalité ! vous êtes des voleurs, vous êtes des *grecs !* vous êtes *des chevaliers du...*

Il n'acheva pas, mais sa figure exprima une telle angoisse et une si profonde douleur, que Georges se dit qu'il y aurait de la charité à le réveiller, et il allait lui toucher l'épaule quand la sonnette de l'antichambre retentit violemment.

Le prince et le baron s'éveillèrent en sursaut, et Georges lui même tressaillit à ce bruit inattendu.

Les deux dormeurs témoignèrent un profond étonnement en voyant leur hôte à côté d'eux, et ils allaient le questionner, mais Georges les interrompit :

— Chut ! — leur dit-il, — pas un mot ! et n'oubliez pas que pour tout le monde j'ai passé la nuit avec vous et ne vous ai pas quitté d'une minute !

Puis comme la sonnette retentissait de nouveau, Georges se hâta d'aller ouvrir la porte de l'antichambre, ne sachant quel pouvait être ce visiteur nocturne ou matinal.

Ce ne fut pas sans étonnement, ce ne fut pas sans émotion qu'il se trouva face à face avec le général Carol, toujours en domino noir, mais démasqué, et dont la figure

altérée avait une expression étrange, rendue plus effrayante encore par son costume déchiré en plusieurs en-
droits, par son linge frippé et sali, et par ses gants ma-
culés, noircis et tachés de sang.

VII

Un conseil d'ami.

A la vue de cette apparition étrange et peut-être menaçante, le premier mouvement du comte d'Entragues fut
un mouvement de terreur : il lui sembla que le général
allait tirer un pistolet de dessous son costume en lambeaux et le tuer sans pitié comme une bête féroce ou un
reptile venimeux, et Georges ne pouvait s'empêcher de
convenir avec lui-même que s'il le faisait ce serait justice.

Il recula d'un pas.

Cette épouvante ne dura qu'un instant. Un second regard lui montra qu'il y avait sur les traits du général un
profond désespoir, mais non point une sombre colère, et
reprenant aussitôt le merveilleux sang-froid qui ne le
quittait que bien rarement, Georges se donna une physionomie gracieuse et étonnée et dit à son hôte inattendu :

— Ah! monsieur le baron, quelle gracieuse et charmante surprise, et que c'est bien de vous être rappelé que
j'avais obtenu de vous une demi-promesse... Venez, mon-

sieur le baron, nous sommes peu nombreux et nous allons porter un toast à la belle Perdita, que vous accompagniez cette nuit et que vous venez de quitter, sans doute.

M. d'Entragues, on le voit, se jetait tête baissée au milieu du péril et sondait au premier coup la plaie sanglante au cœur du général.

Ce dernier le suivit au salon, le baron de la Croisette et le prince Krakopouloff se levèrent.

Dans ce moment, M. d'Entragues sembla s'apercevoir pour la première fois du désordre des vêtements du général et de l'altération de sa figure, aussi se hâta-t-il de lui demander, d'un ton qui jouait à merveille le plus pressant et le plus affectueux intérêt :

— Mais qu'avez-vous donc, monsieur le baron ?... Que vous est-il arrivé ?... Que signifie ce domino déchiré, ces gants souillés... ces taches de sang ?... Parlez donc, monsieur le baron, parlez vite : je tremble d'apprendre un malheur !...

Le général passa la main sur son front à deux ou trois reprises, comme pour en écarter une vision terrible, et dit d'une voix basse et entrecoupée, assez semblable à celle des somnambules qui parlent dans le sommeil magnétique :

— Ce qui m'est arrivé... je ne le sais pas... je ne le sais plus... Tout cela, c'est un rêve.. ce doit être un rêve... un rêve affreux !... Et pourtant ?... Mais non, c'est impossible !... Pourquoi suis-je ici... pourquoi ces lambeaux... ces meurtrissures... cette souffrance aiguë, qui m'étreint, qui me brise le cœur ?... Ah ! je me souviens... je me souviens !...

Et le général Carol releva la tête : un feu sombre étincela dans ses prunelles; une immense énergie remplaça son accablement momentané, et il ajouta en s'adressant à Georges d'une voix vibrante et saccadée :

— Vous êtes jeune, Monsieur... vous êtes gentilhomme... vous avez du cœur... vous me comprendrez... vous me soutiendrez... vous m'aiderez... Je vais tout vous dire... c'est pour cela que je suis venu...

— Désirez-vous que nous soyons seuls, monsieur le baron ? — interrompit Georges en désignant du regard La Croisette et Krakopouloff; — dans ce cas, je vous offrirais de passer dans ma chambre à coucher...

— Non, Monsieur... non... Je trouve ces Messieurs chez vous... dans votre salon... c'est assez pour que je sois sûr que je puis parler devant eux.

A ces paroles, qui annonçaient une si complète confiance dans la loyauté de M. d'Entragues, ce dernier, malgré l'impudence dont il était amplement cuirassé, ne put empêcher une imperceptible rougeur de lui monter au visage.

Krakopouloff et La Croisette s'inclinèrent; le baron continua :

— Vous connaissez cette jeune fille, si belle, si bonne, si charmante qui se nomme Perdita.

Les trois auditeurs du baron firent un signe affirmatif.

— Vous connaissez sa vie aventureuse, puisque vous la lui avez entendu raconter à elle-même... Vous savez qu'elle gardait au fond de l'âme un vague espoir de retrouver un jour sa famille inconnue qui l'avait abandonnée ou qui peut-être l'avait perdue.

« Vous vous souvenez, monsieur le comte, qu'avant-hier je vous parlai, mais sans vous rien expliquer, d'une circonstance mystérieuse qui devait, croyions-nous, jeter quelque lumière sur la naissance de Perdita...

» Une lettre anonyme promettait à la jeune fille de lui rendre sa mère... On l'attendait cette nuit au bal de l'Opéra...

» Une lettre anonyme! l'Opéra! vous vous dites sans doute qu'il fallait être insensé pour ajouter foi à tout ceci... C'était absurde... c'était stupide, pensez-vous, et le piège était trop grossier pour s'y laisser prendre un instant!...

• Eh bien! non, Messieurs; le piège n'était ni grossier ni stupide... L'infâme auteur de la lettre anonyme avait tout calculé, tout prévu; il avait su répondre d'avance et victorieusement à toutes les objections... Je devais être là... toujours là... je ne devais point quitter Perdita d'une seconde... Oh! c'était habile, Messieurs, et le prince de Talleyrand lui-même s'y serait laissé prendre!

» Nous arrivons... Le mot de passe est prononcé, et nous recevons dans notre loge un homme masqué... un homme... de votre taille et de votre apparence à peu près, Monsieur le comte... »

Un frisson nerveux passa dans tout le corps de Georges d'Entragues. Le général ne s'en aperçut point et continua :

— « Cet homme dit à Perdita des choses étranges sur sa famille et sur elle-même... il lui montra un cachet... que sais-je?... des armoiries semblables à celles que vous connaissez et qu'elle avait perdues... Il lui dit enfin que sa mère l'attendait... Nous sortîmes,..

» Ils marchaient devant moi, elle et lui... elle confiante... appuyée sur son bras...

» Tout d'un coup... en haut du grand escalier, je suis

entouré par une cohue d'hommes masqués qui me barrent le passage et dansent autour de moi avec des cris et des ricanements... je veux continuer... impossible! Je regarde... Perdita descendait toujours... Derrière elle, Monsieur, un homme de ma taille et portant un costume en tout point semblable au mien, avait repris ma place... j'appelai Perdita... elle ne m'entendit point et descendit toujours... Je fis un suprême effort pour briser ce cercle humain qui vociférait autour de moi; mais j'usai vainement mes forces et je fus entraîné plus loin...

» Quand, enfin, furieux, du sang dans le regard et de l'écume aux coins de la bouche, j'eus reconquis ma liberté et je me fus précipité, haletant et désespéré, sur les traces de la jeune femme, elle avait disparu...

» Elle avait disparu, Monsieur, entraînée dans un piége par je ne sais quel misérable... je cherchai... j'appelai... rien... rien... rien!...

» Je me dis alors que ces hommes qui semblaient ivres et qui s'étaient rués sur moi, juste au moment où un autre homme, mon *sosie*, me remplaçait derrière Perdita, devaient être les complices de celui qui l'emmenait... Je résolus de les retrouver... et, dussé-je le tuer... de faire parler l'un d'eux.

» Je rentrai donc à l'Opéra... Je fouillai la salle tout entière et je retrouvai les misérables... ils étaient ensemble, Monsieur... toujours ensemble!

» Je m'approchai la main levée, pour arracher un masque et pour souffleter une joue...

— Et ce masque... l'avez-vous arraché... s'écria Georges avec une angoisse facile à comprendre.

— Non, Monsieur, car eux aussi m'avaient reconnu,

répondit le général; mon masque ne tenait plus sur mon visage et je portais les marques violentes de ma première lutte... ils se mirent en défense... mais j'avançais toujours. Et alors... oh! alors... ce n'est pas croyable, ce que je vais vous dire, et cependant c'est vrai! ils se jetèrent sur moi, ils m'attaquèrent à la fois... tous les cinq!... les lâches! les lâches! La colère avait beau tripler mes forces... je fus vaincu... brisé... renversé dans la poussière, au milieu des rires insultants de la foule attroupée... La garde arriva, Monsieur; je fus saisi au collet par ces agents de la police, aussi stupides que brutaux; je fus signalé comme perturbateur... on prétendit que j'étais ivre, et l'on me jeta à la porte du bal!

» Oui, Monsieur, — répéta M. Carol en redressant sa haute taille, — on m'a jeté à la porte, moi, le vieux soldat de l'Empire... moi, l'officier de la Légion d'honneur... moi, l'ami de Napoléon!... »

Le général garda le silence pendant un instant et reprit :

Mais qu'importe cela! qu'importe! Ce qui me désespère... ce qui me tue... ce qui me rendra fou... c'est qu'elle est enlevée, c'est qu'elle est perdue... elle... elle... que j'aime! que j'aime d'un amour insensé!... Elle est perdue! perdue! perdue! Voyez, Messieurs, voyez... je pleure!

De grosses larmes roulaient en effet sur les joues pâlies du général, et tombaient lentement sur ses mains crispées convulsivement.

Oh! ce n'était plus alors le prétentieux vieillard, teignant ses moustaches, serrant ses pantalons et portant un corset; on eût oublié, en le voyant ainsi, tous ses travers et tous ses ridicules, tant il était devenu une vivante et magnifique image de la douleur et de la passion.

Toute son énergie s'était usée d'ailleurs dans le récit qu'il venait de faire, et il continua d'une voix faible et hésitante :

— En rentrant dans la cour de cette maison, j'ai vu de la lumière chez vous, monsieur le comte ; je me suis souvenu que vous m'aviez engagé à passer la nuit avec quelques amis que vous réunissiez, et je suis venu, comme si j'avais depuis longtemps l'honneur de vous connaître, vous demander de vouloir bien m'aider de vos conseils et me prêter votre concours...

Georges avait écouté fort distraitement tout ce que venait de lui dire le général, et il avait passé les quelques minutes remplies par le récit de ce dernier, à réfléchir à la tournure qu'il était utile de donner à l'entretien qui allait suivre.

Aussi après avoir laissé à M. Carol le temps de se remettre et de se calmer, il dit avec une émotion de commande presqu'*aussi vraie que nature* :

— Permettez-moi d'abord de vous remercier, monsieur le baron, de la confiance que vous venez de me témoigner en vous adressant à moi. Oui, sans doute, vous m'avez bien jugé, ma sympathie et mon dévouement vous sont acquis sans restriction. Veuillez désormais me considérer comme une chose entièrement et complétement à vous.

Les lèvres de M. Carol ébauchèrent un sourire de remercîment.

Georges continua :

— Quels sont vos premiers projets ? quel est le plan que vous avez formé ?

— Eh ! le sais-je, mon Dieu ?... j'ai la tête perdue !...

— Vous avez dû cependant vous arrêter à une idée quelconque...

— J'ai pensé, aussitôt que l'heure me permettra de faire cette démarche, à aller trouver M. le préfet de police, et à lui demander de mettre à ma disposition tout ce que Paris renferme d'agents rusés et habiles.

— Me permettez-vous de discuter ce que vous venez de me dire ?

— Faites, Monsieur.

— Ne pensez-vous pas qu'il serait fort possible que le préfet de police n'attribuât point aux faits que vous mettrez sous ses yeux, toute la gravité qu'ils ont dans votre esprit... et dans le mien ?

— Comment cela ?

— Sans doute... un enlèvement en l'an de grâce mil huit cent quarante-six, au beau milieu de Paris, par une nuit de bal et sans aucune espèce de violence (du moins à l'égard de la personne enlevée), ne lui paraîtra-t-il point invraisemblable ?

— Mais, Monsieur... Perdita a été abusée par les apparences... elle a cru que je la suivais... ceci est évident.

— Pour vous... et pour moi... sans doute... mais pour la police, cela l'est beaucoup moins. Quels motifs secrets attribuez-vous, monsieur le baron, à l'enlèvement de cette jeune femme ?

— Je n'en puis trouver aucun.

— Était-elle parée, au bal de l'Opéra, de quelques bijoux d'une grande valeur ?

— Elle ne portait d'autres bijoux qu'un bracelet et une

broche en émeraude : le tout pouvait valoir huit à neuf cents francs tout au plus...

— Vous ne vous connaissiez... (Pardonnez-moi, monsieur le comte, cette question indiscrète, mais que la situation excuse), vous ne vous connaissiez aucun rival dans les affections de votre maîtresse ?...

— Un rival ! — s'écria M. Carol, devant qui cette parole de Georges d'Entragues venait d'entr'ouvrir les abîmes de la jalousie.

— Sinon un rival heureux, — continua Georges, — du moins quelque soupirant, jusqu'à ce jour éconduit et maltraité ?

— Je l'ignore, Monsieur, et du reste je ne le crois pas.

— Ni moi non plus... mais n'y a-t-il pas cent contre un à parier, que le préfet de police aura le mauvais goût de voir quelque intrigue amoureuse cachée sous les sombres mystères que nous tremblons de deviner...

— Vous croyez !...

— J'en suis sûr... et d'ailleurs, remarquez bien ceci : peut-être avez-vous été un peu prompt à prendre si chaudement l'alarme; peut-être dans deux heures Perdita vous sera-t-elle rendue... peut-être ce piége prétendu, est-il quelque joyeux déjeuner auquel on aura voulu conduire votre maîtresse par surprise... et dans tous les cas il n'y a pas longtemps que la jeune femme a disparu (en admettant que ce soit une disparition), pour que M. Delessert, voire même un commissaire de police quelconque, consente à vous aider quant à présent dans vos recherches...

— Mon Dieu ! mon Dieu ! Mais que faire ? car j'en suis certain, j'en ai le pressentiment, il est arrivé malheur à Perdita !

— Espérons, monsieur le baron, que vos pressentiments vous trompent.

— Mais enfin, que me conseillez-vous ?

— Attendre un peu est le seul parti à prendre...

— Attendre! attendre!...

— Il le faut. Vous m'avez dit, monsieur le baron, que l'homme au bras duquel s'est éloignée Perdita, vous avait paru jeune, de tournure et de façons distinguées ?

— Oui, sans doute.

— Je connais, par moi-même, ou par mes amis, tout ce que Paris renferme de jeunes gens élégants, et d'asiles mystér'eux d'amour. Si dans quelques heures votre maîtresse n'a point reparu, je pourrai dès ce soir vous rendre compte de toutes les aventures galantes arrivées à la suite du bal de cette nuit, et si cela ne nous apprend rien, la ressource de la police nous restera toujours. Mais croyez-moi, monsieur le baron, il y a de l'amour dans cette affaire, car on n'enlève guères aujourd'hui que les femmes qui veulent bien vous suivre, et d'ailleurs, remarquez encore ceci, vous n'êtes ni le père, ni le mari, ni le tuteur de Perdita, vous n'avez aucun droit sur elle, et vous ne trouverez nul article de loi qui oblige une jolie femme parfaitement indépendante et majeure, à ne point quitter le bal de l'Opéra avec tel ou tel beau garçon, et à *réintégrer* aujourd'hui plutôt que demain le domicile *non-conjugal !*

La conversation continua quelque temps encore, puis le général Carol quitta Georges d'Entragues, à peu près rassuré sur la vie de Perdita, qu'un instant il avait crue compromise, mais le cœur rongé par les dents de feu du serpent de la jalousie.

VIII

Perdita et Rosolio.

Perdita, au moment où Georges d'Entragues la quitta pour rejoindre Rosolio et lui donner les instructions que nous avons mises sous les yeux de nos lecteurs, dans le fauteuil placé à l'un des angles de la cheminée, et cachant sa tête dans ses mains, comme pour comprimer les sensations tumultueuses qui bouillonnaient dans son cerveau, elle était restée pendant quelques instants, immobile et absorbée.

Pour la seconde fois le mouvant tableau de sa vie d'autrefois et de sa position actuelle, passa devant ses yeux fermés, et raviva les pensées de tristesse et presque de terreur qui l'avaient assaillie déjà, pendant le trajet de Paris à la petite maison du chemin de Vincennes.

Mais peu à peu, comme la première fois, ces sombres hallucinations s'effacèrent, et firent place, par gradations insensibles, à une situation d'esprit toute d'espoir et toute de bonheur, mais confuse encore et sans perceptions bien distinctes.

Cet état indéfinissable avait duré une demi-heure à peu près.

Tout d'un coup Perdita releva la tête, promena autour d'elle un regard incertain et étonné, en se demandant dans quel lieu elle était et pourquoi elle y était venue.

En ce moment un éclair de méfiance instinctive jaillit à travers les ténèbres de son esprit ; elle s'étonna de sa solitude si prolongée, et quittant le fauteuil dans lequel elle s'était assise en arrivant, elle examina tout ce qui l'entourait avec un commencement de doute et d'épouvante.

Rien du reste ne paraissait justifier ses craintes naissantes.

La chambre où elle se trouvait avait pris, grâce aux soins de Georges d'Entragues une apparence presque luxueuse. Il y avait une glace au-dessus de la cheminée, et deux petits candélabres reflétaient dans cette glace la lueur de leurs quatre bougies. Ces bougies, évidemment allumées depuis plusieurs heures, étaient aux trois quarts et demi consumées, et menaçaient d'incendier très-prochainement leurs collerettes de papier.

Il en était de même pour le feu, alimenté par trois ou quatre fortes souches, presque carbonisées déjà par l'action continue de la flamme.

D'épais rideaux de Damas cachaient l'embrasure de l'unique fenêtre, et dérobaient aux regards le lit, enfoncé dans les profondeurs de l'alcôve.

Un ou deux siéges confortables complétaient avec une jolie pendule, les améliorations du mobilier, et juraient avec le plancher en bois de sapin à peine ciré, et avec le plafond sans moulures, sans ornements, tout jauni, et déjà lézardé.

Dans l'un des angles de la pièce, sur une table à ouvrage recouvert d'un surtout damassé, il y avait un poulet froid, un carafon de vin de Madère, une bouteille de vin de Bordeaux, des fruits, deux ou trois petits pains, et un couvert en argent richement ciselé.

Enfin tous les préparatifs d'un repas fort simple, mais très-restaurant.

Perdita ne se demanda point pour qui avait été préparé ce souper, et de plus en plus étonnée de se trouver si longtemps seule, dans la maison où elle se croyait attendue, impatiemment, ardemment attendue par sa mère, elle s'approcha de la porte et posa la main sur la clé.

La porte résista.

Perdita crut à quelque obstacle naturel et fit un nouvel effort.

Mais vainement elle fit jouer la clef dans la serrure, vainement elle appuya son épaule contre le haut du battant, la porte ne céda point.

La jeune femme acquit alors une certitude qui bouleversa tout son être...

La porte était fermée en dehors.

Perdita appliqua son oreille contre le bois de sapin, espérant au milieu d'un murmure vague qui arrivait jusqu'à elle, reconnaître la voix du général Carol.

Mais sans doute la mince et fragile cloison avait été rembourrée et matelassée à l'extérieur, précisément dans le but d'intercepter le son, car elle ne put distinguer qu'une voix avinée chantant sur un rhythme devenu populaire des paroles qu'elle ne pouvait entendre, et qu'interrompaient de temps à autre un éclat de rire.

Perdita commença à trembler de tous ses membres. Il lui paraissait évident désormais qu'elle avait été attirée dans quelque piége. Cependant, elle essayait encore de douter, et se rappelant que l'inconnu masqué lui avait parlé d'un cordon de cloche qu'elle n'aurait qu'à tirer quand elle désirerait la présence du général Carol, elle courut à la cheminée.

En passant devant la glace sur laquelle elle jeta machinalement un regard. Perdita tressaillit. Sa figure pâle et décomposée, blanche comme du marbre au milieu des ruches de tulle rose du capuchon de son domino, lui donnait l'aspect d'un fantôme.

Elle trouva le cordon de la sonnette et l'agita avec force.

Personne ne parut.

Au bout de deux ou trois secondes elle saisit de nouveau le cordon et le secoua convulsivement.

Un pas lourd et chancelant retentit dans l'escalier.

§

Voici ce qui s'était passé entre Rosolio et l'Enrhumé, après le départ de Georges d'Entragues.

Rosolio verrouilla soigneusement d'abord la porte par laquelle venait de sortir le très-illustre chef des chevaliers du Lansquenet; puis il revint en soufflant dans ses doigts s'asseoir devant le foyer, où les fascines accumulées brûlaient triomphalement.

— Sacrebleu! l'Enrhumé, mon ami, — s'écria-t-il, — on peut dire que le froid pince dur cette nuit! j'en ai l'onglée et je ne l'ai pas volée; si c'est possible de passer la moitié de la nuit comme ça sur un siége, avec une bise qui vous coupe la figure! Enfin, qu'est-ce que tu veux, pour gagner sa pauvre vie, faut travailler honnêtement.

L'Enrhumé grogna quelques paroles indistinctes, qui du reste étaient évidemment approbatives.

— Dis donc, — reprit Rosolio, — sais-tu que ça ne va pas être drôle de faire la conversation avec toi, vu le léger inconvénient de ton organe... Est-ce que tu as toujours parlé d'une façon aussi complétement révoltante?

Nos lecteurs se souviennent que l'acolyte de Rosolio avait reçu le sobriquet de l'*Enrhumé*, à cause d'une maladie du larynx qui ne lui permettait point de prononcer une parole intelligible.

Rosolio répéta sa question.

— Non, — murmura l'Enrhumé.

— Et qu'est-ce qui t'a si bien détérioré ton instrument?

— L'*eau d'af*.

— Bravo! tu es un brave à trois poils! tu as laissé ta voix sur le champ de bataille. A propos d'*eau daf*, passe-moi la fiole; je propose une *tournée*.

L'Enrhumé donna une bouteille à Rosolio, qui écartant les petits verres, en prit deux d'une dimension plus qu'ordinaire, et les remplit d'eau-de-vie jusqu'aux bords.

L'Enrhumé vida le sien d'un trait.

— Tiens! tiens! — fit Rosolio en riant; — il paraît que tu ne lui as pas gardé rancune au *picton* !

— Non.

— Et dire pourtant qu'avant ça tu avais peut-être un *do* dans la poitrine, et cent mille *balles* par an dans le gosier, comme mon compatriote Rubini!

L'Enrhumé fit un geste qui voulait dire : *Je m'en moque !*
et essaya, mais sans aucune espèce de résultat, de fredonner en remplissant de nouveau son verre :

> Moi je dis comme Grégoire,
> J'aime mieux boire.

— Voyons donc un peu, — dit Rosolio en se levant et en prenant une bougie, — voyons donc un peu les provisions que cet animal de l'Amour a apportées depuis deux jours, pour l'alimentation de la donzelle et pour notre *substantement individuel.*

Rosolio, dans ses moments perdus, avait quelques prétentions au beau langage.

— Ça me paraît bien monté, — fit-il en ouvrant un large buffet placé au fond, sous l'escalier. — Jambons, saucissons, langues fourrées, pâtés de foie gras, c'est complet, et parfaitement entendu. Maintenant, les liquides : bordeaux, bourgogne, madère, bravo ! bravo ! Seulement on a oublié le *champ,* c'est un tort ; eau-de-vie, rhum, kirch, parfait ! parfait ! Au fait, examinons un peu si c'est parfait. Goûtons. Il est évident que les liqueurs sont pour nous ; les femmes, c'est *si sur sa bouche et sur ses nerfs !* Dis-donc, l'Enrhumé, lequel dégustons-nous : *rhum, kirch* ou *eau-de-vie ?*

— Tous les trois, — grogna l'Enrhumé.

— C'est ça, et nous serons à même d'apprécier les aromes... tu as eu là une crâne idée ! Ma parole d'honneur, il est plein d'esprit, cet imbécile-là !

Les trois bouteilles furent posées sur la cheminée, et nos deux personnages leur livrèrent immédiatement un assez rude assaut pour nous donner le droit de supposer que l'Enrhumé ayant perdu la voix par l'abus des alcools, l'eût immédiatement retrouvée si les principes de la médecine homœopathique eussent reposés sur une donnée bien certaine.

Rosolio, de son naturel assez bavard, parlait en buvant et parlait pour deux, son interlocuteur ne lui donnant que fort rarement la réplique. Aussi peu à peu commença-t-il à s'animer extraordinairement et à devenir fort tendre à l'endroit de l'Enrhumé, qu'il s'obstinait à appeler son plus intime ami, et qu'il voulait à toute force serrer contre son cœur.

Puis, après avoir péroré pendant quelques minutes avec une volubilité extrême, Rosolio se mit à chanter, et passa en revue tout son répertoire grivois que nous regrettons de ne pouvoir mettre sous les yeux de nos lecteurs.

Nous ne résisterons point cependant au désir de citer deux couplets, qui doivent, ce nous semble, trouver grâce, sinon pour leur bon goût, du moins pour leur extrême originalité.

Disons d'abord quelques mots de la mise en scène.

L'Enrhumé, assis sur une petite escabelle, les pieds dans les cendres, buvant sans relâche et fumant un court brûle-gueule culotté.

Rosolio, posé sur une chaise plus haute, le regard tendre et indécis, une bouteille d'une main, un verre de l'autre, gesticulant beaucoup et chantant avec force roulades, sur l'air de : *Gastibelza, l'homme à la carabine :*

> Pour la Syrèn' de la rue Contr'Escarpe,
> Lisa Godard
> On donnerait, si l'on était *escarpe*
> Un cent d'foulards !

Pour captiver cette fille fringante
Au grand œil noir,
Sans cess' on *f'rait* la bourse ou la *toquante*,
Ou bien l'*mouchoir* !   (*bis.*)

Rosolio s'interrompit pendant une seconde pour humecter son gosier, qui pourtant ne devait point être sec, et reprit :

Lorsque sur vous son œil de feu se braque,
Je crois corbleu,
Qu'on donnerait, si l'on était monarque.
Son cordon bleu !
On brocant'rait sa couronne royale,
Ses députés,
Et l'on mettrait sa garde nationale,
Au mont d'piété !   (*bis*).

Rosolio était en train d'exécuter une floriture de haut goût sur ce mot : *pi-i-i-é-té !* quand retentit le premier coup de la sonnette de Perdita.

IX

Perdita et Rosolio (*suite*)

Au bruit inattendu du coup de cloche, Rosolio s'arrêta court au milieu de sa roulade.

— Fichtre ! — dit-il, — voilà la corvée qui commence ! cette diablesse de fille aurait joliment pu nous laisser siroter tranquillement ! hein, l'Enrhumé?

— Oui, — grommela ce dernier.

— Enfin, si c'est embêtant, c'est bien payé. D'ailleurs, ça ne sera pas long, je vas lui expédier sa petite affaire en deux temps et trois mouvements, et je reviens *tutoyer* les fioles, hein, l'Enrhumé?

Cette fois, le personnage interpellé ne répondit point ; il essayait d'atteindre avec le bout de sa langue une dernière goutte de rhum, suspendue au fond de son verre.

Rosolio jeta par-dessus ses vêtements le vieux carrick couleur noisette qu'il avait quitté en descendant du siége de la calèche.

Il ajusta rapidement sur sa tête une perruque blonde

bouclée qui cacha les rouleaux lisses et brillants de ses
cheveux noirs, pommadés à outrance, et enfin il adapta
à ses joues et à son menton un collier de barbe également
blonde, auquel se rattachait par des fils invisibles une
triomphante paire de moustaches.

Ce déguisement changeait d'une façon absolue l'expression de sa physionomie fausse et mobile, et rendait plus
blafarde sa pâleur habituelle et plus saillant le cercle noir
tracé au-dessous de ses yeux.

Des lunettes à larges verres bleus, destinées à cacher
le regard, complétèrent la métamorphose.

— Ça n'empêche pas, dit-il alors en se regardant dans
un petit miroir, — ça n'empêche pas, que la donzelle va
trouver ça un peu *cocasse* de voir entrer au lieu de *son
monsieur* (un vieux), un physique aussi peu déjeté que le
mien! Ma foi si elle est jolie, comme je me l'imagine, je
lui proposerai un troc; et allez donc!

> Bringue zingue, la faridondaine
> Bringue zingue la faridondon
> En s'asseyant.   .   .   .   .   .
>
>   .   .   .   .

La sonnette convulsivement agitée par Perdita, retentit
pour la seconde fois.

Rosolio monta.

§

Au moment où Perdita entendit tirer le verrou que
Georges d'Entragues avait poussé sans bruit en quittant la
chambre, pour rendre toute fuite impossible, elle se pré-
cipita du côté de la porte, toute prête à tomber dans les

bras du général et à lui demander sa protection contre les terreurs qui venaient l'assaillir.

L'Italien entra et referma soigneusement la porte, puis il fit un salut auquel il crut donner une allure gracieuse et galante, et s'arrêta, étonné et dominé malgré lui par l'admirable beauté de la jeune femme.

Cette dernière avait fait deux pas en arrière, en poussant un cri à l'expression duquel Rosolio ne se méprit point, car il mit dans sa voix toute la douceur câline et hypocrite dont elle était susceptible pour dire à Perdita :

— N'ayez pas peur, ma petite dame; mon intention n'est point de vous molester en aucune façon, bien au-contraire...

Mais déjà la jeune femme avait repris un peu de sang-froid, car elle interrompit la phrase de Rosolio, pour lui demander avec hauteur :

— Que me voulez-vous, Monsieur? et pourquoi êtes-vous ici?

— Dame! parce que vous m'avez appelé, apparemment, — répondit Rosolio blessé du ton que Perdita venait de prendre en lui parlant.

— Je vous ai appelé, moi!.. — fit-elle, stupéfaite.

— Ma foi! à moins que les oreilles ne m'aient corné...

— Et comment cela, Monsieur?..

— Voilà! — répondit Rosolio en indiquant du doigt le cordon de la sonnette.

— Mais ce n'est pas vous que j'attendais! Ce n'est pas vous que je voulais voir! — reprit la jeune femme avec un dédain mal dissimulé.

Ça se peut; mais comme c'est moi qui suis venu, dites-moi tout de suite ce que vous demandez, — répliqua l'Ita-

lien de plus en plus mécontent des façons dédaigneuses
de Perdita.

— Le général Carol…

— Connais pas.

— Est-il donc parti ?..

— Connais pas.

— Mais ma mère ! Monsieur, ma mère !.. elle est ici,
dans cette maison ! elle m'attend !..

— Possible.

— Je veux la voir.

— Qui ça ?

— Ma mère !

— Connais pas.

— C'est donc un piége ! un guet-apens !!

— Possible.

— Enfin, Monsieur, où suis-je ?

— Ici.

— Chez qui ??

— Connais pas.

— Vous refusez de me répondre ?

— Un peu.

— Alors, dussé-je regagner Paris à pied, je ne resterai
pas une minute de plus dans ce lieu !

L'Italien ricana silencieusement.

— Auriez-vous donc l'intention de me retenir prisonnière ?

— Parfaitement.

— Mais je crierai, j'appellerai…

— Faites.

— Je veux sortir !

— Essayez.

Rosolio s'appuya contre la porte, et les bras croisés regarda Perdita en sifflotant.

Femme sensible, entends-tu le ramage...

— Comment Monsieur, vous osez!..

— Dame !

Perdita sentait son énergie faiblir, ses membres devenaient tremblants, et ses yeux se voilaient d'un nuage; pourtant elle résolut de faire un dernier effort et dit d'une voix qu'elle s'efforçait vainement de rendre ferme :

— Vous ai-je jamais fait du mal, Monsieur?..

— Non.

— Vous ne me connaissez pas?

— Non.

— Alors en agissant comme vous le faites, vous obéissez à quelqu'un.

Rosolio ne répondit pas.

— A qui?

Même silence.

— Geôlier d'une femme! c'est un triste métier!!

— Eh! eh!

— Mais, sans doute, on vous paye bien cher?

— Comme ça, pas trop!

Un rayon d'espoir brilla dans l'œil de Perdita.

— Combien? demanda-t-elle.

— Une bagatelle... deux jaunets par jour.

— Et si je vous donnais d'un seul coup, une somme importante... plus forte que celle que vous gagneriez en bien des jours...

— Vous dites?..

— Une somme importante...

— Quand cela ?

— Tout de suite.

— Eh bien ?

— Me laisseriez-vous libre alors ?..

— Ah ! dame ! il faudrait d'abord savoir au juste de quoi il s'agit : parce que... vous comprenez.. quand on *y va de conf* (1) on est si souvent *refait !*

Perdita arracha plutôt qu'elle ne les enleva, le bracelet qu'elle avait au bras et la broche qui retenait son camail, et tendant ces bijoux à Rosolio, elle lui dit :

— Prenez, Monsieur, tout cela est à vous.

— Merci, — fit l'Italien en coulant les joyaux dans sa poche après les avoir soupesés dans sa main d'un air de connaisseur.

— Maintenant, Monsieur, laissez-moi passer !

— Oh ! oh ! ceci est autre chose.

— Comment ! vous n'êtes pas satisfait !

— Certainement si, *que je le suis, satisfait.*

— Eh bien ! alors.

— Mais je le serai bien davantage en palpant les cinq mille *balles*, dont j'ai oublié de vous parler tout à l'heure, et qu'un certain *quidam* de ma connaissance, doit me compter fort prochainement.

— Oh ? c'est infâme ! c'est infâme ! — s'écria Perdita à bout de forces en se laissant retomber dans un fauteuil.

— Chut ! chut ! — fit Rosolio. — Allons, allons, calmons ces nerfs... vous avez été gentille avec moi en m'offrant ces *bibelots* que j'ai acceptés, parce que les petits présents entretiennent l'amitié, et comme il n'y a jamais

---

(1) *Y aller de conf,* y aller de confiance.

qu'un mot qui serve, je m'en vas vous le dire, ce mot. Vous êtes chez un particulier qui a besoin que vous restiez à l'ombre pendant quelque temps; ça, je ne sais pas pourquoi. On ne veut vous faire aucune espèce de mal, je vous le jure foi de Ros... foi de joli garçon! Vous ne manquerez de rien, comme vous pouvez vous en convaincre en regardant le souper mignon qui est là derrière vous... il y a ici une masse de provisions de bouche à votre intention, *à l'instar d'une princesse*, même de l'éther, dans le cas où vous jugeriez convenable de vous trouver mal. Ne vous faites donc point de mauvais sang, mangez, buvez, dormez et tenez-vous tranquille, car vous pleureriez, vous *sacreriez*, enfin vous feriez du *train*, et tout le bacchanal que ça ne vous servirait pas à la moindre des choses!

Quant à ce qui est de vous *embêter* toute seul, j'en arrive au *conclusum*. — Vous attendiez un vieux, à ce qu'il paraît, c'est un jeune qui est venu : la compensation me paraît suffisante, et je vous offre immédiatement mon cœur et mes faveurs!

Rosolio en prononçant ces dernières paroles, s'avança vers la jeune femme, les bras entr'ouverts et avec l'intention bien évidente de lui prendre la taille.

Mais déjà Perdita s'était relevée, et l'œil étincelant de colère et d'indignation, la bouche méprisante, la main étendue elle avait dit :

— Sortez! — d'une voix tellement impérieuse, que Rosolio, malgré son impudence, gagna la porte, la tête basse, et murmurant entre ses dents :

— Ah! c'est comme ça! *fichue chipie! fichue bégueule!* tu me le payeras! tu me le payeras!

Le premier mouvement de Perdita, quand elle se trouva seule, fut de chercher un moyen de fuir.

Si nos lecteurs se souviennent de la façon dont elle était sortie du château du Staroste, dans des circonstances bien plus terribles encore que celles où elle se trouvait, ils comprendront parfaitement que la pensée d'une évasion par la croisée dut immédiatement venir à la jeune femme.

Elle écarta donc d'une main tremblante les rideaux qui voilaient l'embrasure, et essaya de faire jouer l'espagnolette, pour jeter un regard au dehors, et juger de la distance qui la séparait du sol, et des difficultés qui accompagneraient son entreprise.

L'espagnolette résista, comme avait résisté la porte, quand un quart d'heure auparavant elle avait voulu l'ouvrir.

Non-seulement la fenêtre était clouée en dedans, mais encore on avait remplacé les vitres par d'épaisses feuilles de tôle, recouvertes d'un grillage assez épais.

En vain Perdita cherchant à se rattacher à quelque vague espoir, visita l'alcôve et tous les recoins de la chambre.

Il n'y avait aucune issue.

L'évasion était impossible.

Perdita, alors, s'approcha de la table sur laquelle était le souper, elle y prit un couteau qu'elle cacha dans les plis de son domino, puis elle revint s'asseoir dans le fauteuil placé à l'angle du foyer, et là, malgré les pensées désespérantes qui la torturaient sans relâche, elle finit, succombant à la fatigue et à un complet accablement, elle finit, disons-nous, par s'endormir profondément.

X

D'Entragues et Nodesmes.

Les faits que nous venons de mettre sous les yeux de nos lecteurs, à partir du chapitre de ce volume intitulé : *le Frère et la Sœur*, nous ont fait rétrograder de quelques pas dans la marche de notre récit, et huit jours à peu près se sont écoulés entre le moment où Perdita se trouva seule et prisonnière dans la maison du chemin de Vincennes, et celui où nous allons rejoindre Georges d'Entragues, achevant la lecture du double manuscrit de lord William Stloobomby et de Danaë.

Il venait de poser sur une table à côté de lui le volumineux amas de papiers dont il avait dévoré les dernières pages avec une curiosité croissante, et l'une des phrases qui terminaient le récit du jeune Anglais se gravait dans sons cerveau en caractères de feu.

Voici cette phrase :

« *Vous comprenez pourquoi la duchesse de Sandoval s'est évanouie hier en me voyant, et comment cette femme d'une naissance presque princière et d'une fortune presque royale, sera, quand nous le voudrons, entre nos mains un instrument passif et docile. »*

Et c'était exact, rigoureusement exact. Grâce au secret terrible des aventures de *Dona Sol*, désormais *la duchesse de Sandoval* appartenait corps et âme à Georges.

En vérité, le comte d'Entragues jouait de bonheur. Peu de jours auparavant, il regardait comme un présage funeste la défection de Mazagran, qui le privait, en désertant sa cause, de l'un de ses principaux moyens d'action sur Jules de Nodêsmes, et voici que le hasard lui envoyait, pour remplacer la lorette fugitive, une de ces femmes si belles et si haut placées, qu'un roi n'eût point peu é acheter trop cher leur amour en le payant de toute sa puissance et de tous ses trésors.

Car la pensée était immédiatement venue au comte d'Entragues de faire de la duchesse la maîtresse de Jules, en attendant qu'il la pût associer à quelqu'autre de ses plans audacieux.

Quant au vicomte, autour duquel de si vastes intrigues s'agitaient sans qu'il s'en doutât, Georges avait la certitude qu'il se laisserait, sans résistance aucune, entraîner dans un nouveau piége.

Ainsi que nous le disions dans le premier volume de ce livre, en essayant de compléter le portrait du personnage dont il est ici question, Jules de Nodêsmes était indécis et flottant, sans contours fixes dans le caractère, sans vigueur dans la pensée. La faiblesse était son principal, peut-être son unique défaut, et cette faiblesse, bien qu'elle fut étayée par des principes à peu près solides, devait, une fois ces principes ébranlés, offrir une large prise à de hardis exploiteurs.

En peu de jours, nous le savons, s'était effacée sa première affection, cette affection si solide et si persistante en général dans les cœurs encore neufs : son amour juvénile pour Pivoine, la jolie fille normande.

De même, du moins Georges d'Entragues était en droit de le supposer, de même son attachement pour Mazagran devait céder au moindre choc, et Jules s'empresserait de courir au-devant d'un nouvel amour, qui, celui-là, jetterait sans doute de plus profondes et de plus indestructibles racines, inspiré comme il le serait par une femme de tout point supérieure à Pivoine, à Adèle Libières, et à Jules de Nodêsmes lui-même.

Aussi Georges d'Entragues se hâta-t-il de s'habiller, pour aller s'assurer de l'état moral du vicomte, qu'il n'avait point vu depuis la fugue imprévue de sa maîtresse, le laissant à dessein user sa douleur dans le silence et la solitude, et distrait lui aussi d'ailleurs par tous les événements que nous connaissons.

— Monsieur le vicomte est sorti, — dit à Georges le valet de chambre de Nodêsmes.

— Est-ce bien sûr ! — demanda M. d'Entragues, qui crut voir une certaine hésitation sur le visage du domestique tandis qu'il lui faisait cette réponse.

— Dame ! monsieur le comte, — fit le valet, qui connaissait Georges ; — mon maître, depuis une semaine (tenez, juste depuis le jour où vous êtes venu pour la dernière fois), me dit tous les matins de ne laisser entrer qui que ce soit de le crois malade, car il ne met pas les pie dehors; il ne mange presque pas et ne dit jamais un mot, excepté pour demander s'il n'y a pas de lettres.

— Allez lui dire que c'est moi qui désire le voir, et ajoutez que je tiens beaucoup à ce qu'il veuille bien me recevoir.

— J'y vais, monsieur le comte.

— Diable ! — se dit Georges resté seul, — il paraît que cette fois ça tenait bien ! mais je suis un excellent chirurgien pour ces sortes de maladies, j'ai la main adroite et sûre. J'arracherai ces racines malencontreuses et je guérirai homéopathiquement cet amour par un autre amour !

Le valet de chambre revint au bout de deux minutes et dit à M. d'Entragues que son maître l'attendait.

Les rideaux des fenêtres de la chambre à coucher, dans laquelle on introduisit Georges, étaient hermétiquement fermés, et quoiqu'il fût à peine midi et qu'un brillant soleil répandît au dehors ses étincelantes clartés, une demi-obscurité régnait dans cette pièce.

Jules était assis dans un fauteuil au coin de la cheminée, et enveloppé dans une robe de chambre de velours noir.

Ses cheveux blonds étaient dans un complet désordre, et sa figure, d'habitude fraîche et rose, maintenant pâlie et fatiguée, témoignait de plusieurs nuits de souffrance et d'insomnie.

Un sourire, aussitôt réprimé, vint aux lèvres de Georges et il n'eut pas, même pendant un instant, la pensée de plaindre cette douleur dont il était la cause, première quoiqu'indirecte.

Jules prit la main de M. d'Entragues et lui dit en la serrant affectueusement

— J'avais fermé ma porte pour tout le monde, mon ami,

et si je n'avais pas fait d'exception pour vous, c'est que je savais à merveille que quand vous voudriez bien vous souvenir de moi, vous vous arrangeriez de façon à lever cette consigne, qui ne vous regardait en rien. J'avais d'ailleurs l'intention de vous voir demain...

— Ah ! voilà qui était bon et gracieux ! — fit Georges.

— Je voulais, — poursuivit Jules, — je voulais vous serrer la main en vous disant adieu.

— Adieu !! — demanda le comte stupéfait, — pourquoi adieu ?

— Parce que je pars.

— Vous partez ! au mois de février ! à peine installé ! Est-ce possible ? — s'écria Georges en tressaillant.

— C'est plus que possible, c'est certain.

— Et où allez-vous ?

— A Nodêsmes.

— Et pourquoi partez-vous ?

— Parce que j'ai Paris en horreur, le monde en haine et la vie en dégoût !

Georges fit une moue inaperçue et significative, qui voulait dire :

— *Que de grands mots pour peu de chose !*

Puis il rapprocha son siége de celui du jeune homme, et lui dit d'une voix pateline et avec des inflexions toutes paternelles :

— Allons, mon ami, allons; vous m'avez toujours témoigné une confiance qui me rendait heureux et fier, vous ne m'en déshériterez pas tout d'un coup... Partir dans ce moment, aller vous enterrer à la campagne au milieu de l'hiver, vous éloigner de moi qui vous ai voué une si sin-

cère affection, ce serait une folie que vous ne ferez pas...
que je ne vous laisserai pas faire...

— Je vous remercie, mon ami, de cet attachement que
vous me témoignez et dont je n'ai d'ailleurs jamais douté ;
mais ma résolution est prise.

— Elle changera.

— Non.

Ce *non* fut dit avec une fermeté dont M. d'Entragues ne
croyait point Jules susceptible.

— Vous me permettrez du moins de vous demander (et
c'est un droit que me donne mon amitié pour vous), les
causes de cette décision si brusque et si surprenante ?

Ces causes, Georges les devinait à merveille, mais son
but en faisant cette question, était d'amener Jules sur un
terrain où il se proposait de le combattre et de le vaincre.

— *Infandum regina jubes, renovare dolorem !*

Répondit le jeune homme avec un triste sourire.

— Oui, dussiez-vous souffrir en m'ouvrant votre cœur,
parlez... d'ailleurs, je le sais par expérience, rien ne soulage comme de raconter ce qu'on souffre.

Que vous dirai-je, mon ami, que vous ne sachiez aussi
bien que moi ?... j'avais trouvé une femme... vous savez
de qui je veux parler... un ange... je l'ai aimée de toutes
les forces de mon âme... je lui aurais donné de grand
cœur ma vie... si elle m'eût demandé mon nom, j'aurais
mis mon nom à ses pieds... eh bien !... ce cœur si chaste...
cette âme si pure a cru, dans sa sainte innocence, que
notre amour était un crime ! Elle n'a pu résister à la douleur
profonde que lui causait l'oubli de ses devoirs qu'elle m'a-
vait sacrifiés... Elle est partie, emportant ma vie et mon

bonheur, et me laissant son âme dans cette lettre que vous avez lue, que je porte là, toujours là, qui ne me quittera jamais !

Et Jules tout en parlant tira de sa poitrine la lettre de Mazagran, dont l'écriture s'était à demi effacée sous ses baisers et sous ses larmes.

Georges véritablement ébahi, le regardait et l'écoutait avec stupeur, il était comme ce sorcier dont parle Hoffman ; presque épouvanté de son ouvrage.

Jules poursuivit :

— Depuis ce jour, il me semble que j'ai vieilli de dix ans. Je serais parti à l'instant même, si je n'avais espéré qu'*Adèle* sacrifiant encore une fois ses principes à son amour, reviendrait à moi et consentirait à partager ma vie.

« J'ai vainement attendu !

« Que ferais-je à l'avenir dans ce Paris désert pour moi ?...

« Puis-je espérer y retrouver un ange pareil à celui vers qui le hasard avait guidé mes pas ?

« Non.

« Il n'en est pas d'autre à Paris, il n'en est pas d'autre dans le monde, pour moi du moins. Aussi je m'éloigne de cette *ville de bruit, de boue et de fumée,* je retourne cacher mes chagrins, le vide de mon cœur sous mes grands arbres de Normandie.

« Quand vous voudrez partager ma solitude, vous serez bien reçu, mon ami... Vous me parlerez d'elle !

« Je vous ai tout dit, n'essayez plus maintenant, je vous en supplie, de faire chanceler ma résolution, elle est arrêtée, elle est inébranlable !

« Nous sommes sauvés! — pensa Georges, — au moment où le vicomte de Nodêsmes terminait sa longue tirade,
assez semblable comme couleur et comme forme à celles
que les faiseurs de l'Ambigu-Comique, mettent dans la
bouche de leurs *jeunes premiers*, quand leurs jeunes premiers sont pâles et blonds comme M. Lacressonnière, de
lacrymale mémoire. — Nous sommes sauvés! ce n'est pas
de *la femme* que cet innocent est amoureux, c'est de
l'*ange*! Ce n'est pas le *plaisir* qu'il regrette, c'est la *vertu*!
tous les goûts sont dans la nature! Celui-là est bien drôle!
enfin!!... Maintenant je suis sûr de mon affaire, et je me
charge de la guérison. En avant le scalpel et la pierre
infernale. J'avais peur d'avoir un *amour* à combattre, et
je n'ai qu'une *illusion* à enlever. Arrachons les plumes du
séraphin! Démolissons le piédestal, et jetons l'ange dans
la boue!

Toutes ces réflexions avaient traversé l'esprit de Georges,
dans un laps de temps beaucoup moins long que celui
qu'il nous a fallu pour les écrire, et Jules ne s'était point
encore étonné du silence de son ami, après la dernière
phrase de son discours, phrase qui pourtant voulait une
réponse directe ou indirecte, que déjà M. d'Entragues
avait pris son parti, conçu son plan et dressé ses batte-
ries.

— Permettez-vous que je sonne votre domestique pour
lui demander des cigares? J'ai à causer avec vous, et ce
sera long; — demanda tout à coup le comte en s'enfonçant
dans son fauteuil et en croisant les jambes avec un sans-
façon délibéré, et un ton leste, qui faisait un effet bizarre
après l'*élégie parlée* du maître de la maison.

— Ce n'est pas la peine de sonner, — répondit Jules

en mettant à la portée de M. d'Entragues un élégant coffret d'ébène incrusté, — voici des cigares.

— Merci, mon ami, — dit Georges en choisissant dans la boîte un magnifique *regalia* d'une couleur blonde et dorée, qu'il roula pendant une seconde dans ses doigts et qu'il alluma ensuite à la flamme d'une bougie.

Cela fait, et après avoir aspiré quelques bouffées de la fumée blanche et embaumante, il se carra de nouveau dans son fauteuil et dit à Jules :

— C'est de ma confession qu'il s'agit.

— Ah ! — fit ce dernier, fort étonné.

— Oui, elle a un rapport malheureusement trop direct avec ce qui vous tient tant au cœur.

Les yeux de Jules s'élargirent considérablement, et il regarda M. d'Entragues d'un air qui signifiait :

Que veut dire cette raillerie, et vous moquez-vous de moi ?

Georges comprit ce regard et hocha la tête en continuant : -

— Sans le vouloir, sans le savoir, je vous ai joué un tour infâme...

— Vous ! — s'écria Jules.

— Moi-même et je ne m'en consolerai de ma vie, si je ne vous vois en prendre philosophiquement votre parti, comme un garçon d'esprit... que vous êtes.

— Mais, enfin... de quoi est-il question ? — demanda le jeune homme avec une fébrile impatience.

— Il est question tout simplement de cette madame Adèle Lambertini, dont la perte vous désespère, et pour laquelle vous voulez vous exiler dans votre château de Nodêsmes, — répondit carrément M. d'Entragues.

— Il s'agit... d'elle... — fit Jules, dont les joues s'empourprèrent visiblement.

— Il s'agit d'elle, — répliqua Georges.

— Et peut-être... savez-vous... où elle est ?... — demanda le vicomte d'une voix frémissante d'émotion.

— A peu près.

— Vous allez me le dire n'est-ce pas ?...

— Tout à l'heure. Mais d'abord ne serez-vous point bien aise de savoir son nom ?

— Son nom :... — répéta Jules, mais il me semble...

— Eh oui ! *veuve Lambertini*. Mais ce n'est pas de celui-là qu'il s'agit, c'est de l'autre, du vrai.

— Que dites-vous ? que voulez-vous dire ?

— Je veux dire, que madame *veuve Lambertini* n'est point veuve, par la raison toute simple qu'elle n'a jamais été mariée... qu'elle est lorette... qu'elle court en ce moment les grands chemins avec un acteur du Gymnase, et qu'elle s'appelle... MAZAGRAN !

Jules bondit hors de son fauteuil et se trouva debout à deux pas de Georges, auquel il dit d'une voix menaçante et colère :

— Si c'est une plaisanterie, monsieur d'Entragues, je dois vous prévenir qu'elle me paraît du plus mauvais goût !

— Mon cher ami, — répondit le comte avec un imperturbable sang-froid, — voulez-vous avoir la bonté de m'accorder cinq minutes d'attention ?...

Jules fit un signe affirmatif.

— Voulez-vous de plus, — continua d'Entragues, — me faire le plaisir de ne m'interrompre sous aucun prétexte, pendant le très-court récit que je vais vous faire, et qui vous expliquera mes paroles de tout à l'heure ? Si vous jugez convenable ensuite de vous couper la gorge avec moi... Eh mais, ce sera la chose du monde la plus simple, et rien ne s'opposera à ce que vous vous donniez ce petit divertissement...

Jules se rassit.

— Je commence et j'arrive droit au fait, — poursuivit Georges ; — lorsque, pour la première fois, vous avez remarqué madame Lambertini, nous étions ensemble, et je ne la connaissais pas plus que vous, vous le savez. Le hasard voulut que le baron de La Croisette fut en mesure de vous présenter chez elle, vous devîntes son amant, et j'applaudis à cette liaison qui paraissait vous rendre heureux : — lorsque, (il y a quelques jours), j'appris par la lettre que vous tenez encore à la main dans ce moment, la fugue imprévue de votre maîtresse, je m'associai à la douleur bien naturelle que devait vous causer un procédé semblable, et je m'abstins jusqu'à aujourd'hui de venir troubler votre solitude et vos regrets.

« Hier, je me trouvais passer la soirée avec M. de La Croisette, que je n'avais point vu depuis un peu plus d'une semaine, il ignorait complétement vos relations intimes ·avec la jeune femme dont nous parlons, et sa première parole fut celle-ci : — Ah ! ah ! mon pauvre d'Entragues, savez-vous que nous avons été *floués* comme des *jobards !* C'est humiliant, ma parole d'honneur, pour des hommes de notre âge et de notre expérience ! — Floués ? lui demandai-je, — et par qui ? — Par cette petite femme. — Quelle femme, et que voulez vous dire ? — Eh pardieu ! l'ingénue à laquelle je vous ai présentés vous et votre ami le vicomte de Nodêsmes. — Parlez-vous de madame Lambertini ? — Précisément ; mais elle ne s'appelle pas Lambertini plus que moi. — Comment cela ? je croyais que vous aviez connu son mari, dont vous étiez même un peu parent. — Sans doute, et c'est précisément là ce qui fait que j'ai donné dans le panneau comme un imbécile : il paraît que la jeune personne avait si bien et si complétement tourné la tête à mon pauvre ami Lambertini, qu'elle l'avait amené à vivre maritalement avec elle, à lui laisser porter son nom et à chanter partout qu'elle était le *parfait modèle des épouses vertueuses et accomplies*. Eh bien ! cette petite *rouée*, avant d'ensorceler mon pauvre vieux camarade, avait *aimé* tout Paris, depuis le *quartier latin* jusqu'à la *Chaussée-d'Antin*, et elle était connue partout sous le sobriquet de *Mazagran*, sobriquet qu'elle reprit et porta quelque temps, immédiatement après la mort de son soi-disant mari (elle demeurait alors à l'angle de la rue Saint-Georges). Mais l'idée lui vint un beau matin, à ce qu'il paraît, qu'il y avait un excellent parti à tirer de sa position de veuve éplorée et intéressante ; elle changea donc de logement, s'en fût demeurer place Vendatour, *se réaffubla* de son veuvage postiche et attendit les pigeons. A cette époque je la rencontrai, je la croyais plus vertueuse et plus *Lambertini* que jamais. J'allai chez elle, et je pensais de très-bonne foi à lui chercher un second mari, quand j'appris, il y a deux jours, que ma cousine apocryphe et farceuse était une *polkeuse*, une *fumeuse*, une *viveuse*, une MAZAGRAN enfin, menant trois intrigues de front, et au moment de se faire épouser par un nigaud qu'on ne m'a pas nommé !

« Voilà — poursuivit Georges d'Entragues, — voilà ce que me dit hier le baron de La Croisette, voilà ce dont

j'ai acquis les preuves aujourd'hui. Car vous pensez bien
que j'ai voulu avoir par-devers moi une certitude maté-
rielle et palpable, et voilà, enfin, ce dont je ne vous aurais jamais parlé, si je ne vous avais trouvé broyant du
noir et vous désolant pour la perte d'une créature qui ne
vaut pas même un regret.

« Je n'ai pas besoin de vous dire, mon ami, que, sachant ce que vous savez maintenant, si vous persévériez
dans votre dessein de fuir Paris et d'aller vous ensevelir
dans vos terres, ce serait vous donner un ridicule dont
vous ne vous relèveriez jamais.

« J'ai fini. Qu'avez-vous à répondre ?

— Rien, — répondit Jules les yeux baissés et le front
couvert de rougeur. — Puis il ajouta d'une voix presque
timide : — Mais... ces preuves... matérielles... dont vous
me parliez... quelles sont-elles ?

— Une lettre écrite par Mazagran, ou, si vous l'aimez
mieux, par madame Lambertini à l'un de ses amants, le
jour même où elle vous annonçait son départ.

— Et cette lettre... pourrai-je la voir ?

— Je la demanderai, pour vous la montrer, à celui qui
l'a reçue : je le connais : mais c'est à une condition...

-- Laquelle !

— C'est que vous allez vous habiller immédiatement.

— Pourquoi faire ?

— Pour venir vous promener avec moi, et de là dîner
au cabaret.

— Moi ! — fit Jules épouvanté malgré lui, à la pensée
de sortir brusquement du désespoir dans lequel il se drapait depuis une semaine.

— Sinon, — poursuivit Georges, — je croirais que

cette Mazagran, qui s'est si bien moquée de vous, vous tient au cœur.

— Attendez-moi, mon ami, je serai prêt dans cinq minutes, — répondit vivement Jules en sonnant son valet de chambre.

Georges d'Entragues avait réussi, la bataille était gagnée, l'*amour-propre* avait tué *l'amour*.

XI

Madame la duchesse.

Quelques heures après la conversation que nous venons de raconter, Georges d'Entragues et le vicomte de Nodêsmes étaient attablés en face l'un de l'autre dans l'un des salons du café de Paris.

Jules, triste, silencieux, oubliait de remplir son assiette et de vider son verre, et ne semblait nullement disposé à fêter selon leur mérite un appétissant salmis de bécasse et une poudreuse bouteille de vin de Volnay de l'année 1842.

Ceci ne faisait point l'affaire de M. d'Entragues qui, détestant les demi-mesures, voulait une guérison complète et radicale; aussi ne tarda-t-il point à reprendre la conversation, juste à l'endroit où elle avait été interrompue chez le vicomte, et n'épargna-t-il à son convive aucun trait piquant, aucune raillerie polie, mais acérée, mettant en œuvre sans relâche les moyens qu'il supposait devoir être les plus efficaces d'après sa connaissance très-approfondie du caractère du jeune homme.

Répéter tout ce qui fut dit pendant deux ou trois heures

par le roué Parisien et le candide provincial, nous entraînerait beaucoup trop loin. Qu'il nous suffise d'apprendre à nos lecteurs qu'au moment où les deux amis se quittèrent, Jules en était arrivé à rire lui-même (du bout des lèvres il est vrai) de ses mésaventures amoureuses, et de la façon très-originale dont il avait été mystifié.

Il avait promis, en outre, à d'Entragues, de suivre, comme par le passé, tous ses conseils, de s'astreindre à aller beaucoup dans le monde, et de remplir surtout, en retournant chez la princesse de Trêsmes-Cariman, sa parente, qu'il n'avait point revue depuis sa première visite, un devoir trop longtemps négligé.

— Vous comprenez à merveille, — lui avait dit Georges, — que si vous vous absteniez, à l'avenir, comme vous l'avez fait tous ces temps-ci de certains devoirs qu'ordonnent impérieusement les usages du monde, et même les plus simples convenances, la faute en retomberait sur moi qu'on sait à merveille être votre ami, votre introducteur, et un peu votre pilote dans les écueils de la vie parisienne.

§

Aussitôt rentré chez lui, le vicomte prit dans son secrétaire un ravissant petit coffret d'écaille qu'il ouvrit, et dont il tira une longue mèche de cheveux bruns, d'une nuance et d'une finesse admirables.

C'était un souvenir donné par Mazagran pendant leurs jours de tendresse et de bonheur.

Il respira pendant une seconde le parfum doux et pénétrant qui s'exhalait de ces beaux cheveux, puis s'approcha de la cheminée et les jeta dans le brâsier qui les consuma en un instant.

Le sacrifice était accompli, mais comme Georges d'Entragues n'était plus là pour le soutenir et pour le railler, Jules cacha sa tête dans ses mains et se mit à pleurer amèrement.

Cela dura cinq minutes à peu près, puis, comme rien ne soulage et ne détend les nerfs comme une petite ondée de pleurs, le vicomte se mit au lit très-calme, rêva qu'il se trouvait dans le salon de la princesse de Trêsmes-Cariman, et que cette respectable dame, prenant soudain la figure et l'apparence de la trompeuse Adèle, s'embarquait pour l'Algérie sur le bateau à vapeur le *d'Entragues*, avec un écuyer du Cirque.

§

Le lendemain, vers les deux heures de l'après-midi, le comte d'Entragues descendait de son coupé à la porte d'un charmant petit hôtel des Chanps-Élysées, hôtel acheté tout récemment par le duc de Sandoval, qui comptait passer tous les ans quelques mois de l'année à Paris.

La cour était vaste et admirablement bien tenue. Un perron de huit marches conduisait aux appartements du rez-de-chaussée, et l'on entrevoyait, aux travers d'une haute porte vitrée, un vestibule dallé en marbre blanc, et orné des fleurs les plus rares et des arbustes exotiques les plus précieux.

Il n'est point inutile de dire que Georges avait, ce jour-à, passé deux ou trois heures à sa toilette, et qu'il en était résulté une remise d'une simplicité parfaite et tout à la fois d'une merveilleuse élégance.

— Madame la duchesse est-elle chez elle? — demanda-t-il au valet de pied qui lui ouvrit la porte du vestibule.

— Monsieur veut-il avoir la bonté de me dire son nom? Je vais aller voir si madame la duchesse est visible, — répondit le domestique.

Georges remit sa carte au valet qui revint au bout d'un instant l'air assez embarrassé et la carte à la main.

— Eh bien? demanda Georges.

— Madame la duchesse n'a pas l'honneur de connaître M. le comte, et ne reçoit le matin que les personnes de sa société intime.

Georges reprit le mince carré de vélin glacé et armorié, et à l'aide du crayon de son portefeuille, il écrivit quelques lignes au-dessous de son nom.

— Portez ceci à votre maîtresse, — dit-il.

Le valet de pied eut un instant d'hésitation.

— J'attends! — fit M. d'Entragues d'un ton sec, — et en regardant successivement les épaules du domestique et le petit stick qu'il tenait lui-même à la main, d'un air qui rappelait les plus belles traditions du temps de la Régence, temps où messieurs les talons-rouges corrigeaient si vertement les valets lents ou maladroits.

Le laquais comprit et sortit aussitôt.

Georges avait écrit tout simplement ces mots au bas de la carte de visite.

De la part de mon ami lord William Stloobomby.

— Monsieur le comte veut-il me faire l'honneur de me suivre? — dit respectueusement le valet de pied en rejoignant M. d'Entragues.

La duchesse était seule dans un petit salon situé tout au bout des appartements du rez-de-chaussée, et auquel on arrivait en traversant plusieurs vastes pièces de plain pied, qui servaient les jours de réception.

La duchesse portait un peignoir de soie gris-perle, et les longues boucles de ses cheveux blonds flottaient autour du délicieux ovale de sa figure.

Il était impossible de voir une créature plus ravissante et plus distinguée, et l'on oubliait de remarquer les mille détails du luxe presque royal dont la jeune femme était entourée, pour ne voir que sa grâce charmante et sa beauté merveilleuse.

Elle accueillit d'Entragues par une inclination de tête assez légère, et le regard qui jaillit de ses grands yeux bleus, et s'arrêta sur le visiteur, fut tout à la fois hautain, curieux et inquiet.

— Me pardonnerez-vous, madame la duchesse, — dit Georges en s'approchant avec cet air respectueux et cependant dégagé qu'il savait si bien prendre, — me pardonnerez-vous cette démarche certainement indiscrète, et l'insistance qui m'a valu l'honneur d'être admis auprès de vous ?

— Je vous pardonnerai peut-être, Monsieur, quand je saurai les motifs qui vous ont fait désirer si vivement de me voir. Ces motifs sont impérieux sans doute, car dans tout autre cas, je suppose que vous auriez trouvé convenable de faire au moins une démarche pour m'être présenté...

— Ces motifs sont impérieux en effet, Madame la duchesse.

— Eh bien, Monsieur, parlez... puisque vous vous êtes

N.

présenté vous-même, — ajouta la jeune femme avec un demi-sourire.

— Il me semble, Madame, que les quelques mots écrits au bas de ma carte, ont dû vous expliquer...

— Quoi donc, Monsieur! — demanda la duchesse en prenant la carte de Georges qu'elle avait posée sur la cheminée, — j'ai lu d'abord ceci : *comte Georges d'Entragues*, puis plus bas un nom anglais : *lord William Stloobomby*, si je ne me trompe : j'avoue que j'ai trouvé tellement singulier de voir quelqu'un que je ne connais point, se recommander auprès de moi de quelqu'un que je ne connais pas davantage, que ce petit mystère a piqué ma curiosité de femme, et m'a décidée à vous recevoir. Je suis, vous le voyez, parfaitement en droit de vous demander l'explication de cette... énigme.

Ceci fut dit avec un calme si grand et un naturel si parfait, que Georges ne put s'empêcher de regarder la duchesse avec étonnement, et (ramené naturellement par les habitudes de sa vie à une comparaison de *joueur*), de se dire à lui-même :

— Si je n'avais *la vole* dans la main, je crois, ma parole d'honneur, que la partie serait difficile à gagner! Cette petite duchesse-là me paraît terriblement forte!!

— J'attends, — dit la jeune femme, d'un ton à peu près semblable à celui avec lequel Georges d'Entragues avait prononcé le même mot en s'adressant à un valet de pied, cinq minutes auparavant.

— Pardon, mille fois pardon, madame la duchesse, — s'écria le comte, — je vois que j'ai bien des choses à vous expliquer. J'en arriverai tout à l'heure à ce nom de lord

William Stloobomby que je croyais un passe-port auprès de vous et *que vous ne connaissez pas...*

Georges appuya sur ces derniers mots, et continua :

— Mais il faut d'abord, madame la duchesse, que vous m'autorisiez à vous présenter une requête...

— Faites, Monsieur.

— Il était d'usage dans les siècles derniers, madame la duchesse, que les poëtes et les romanciers, missent chacune de leurs œuvres sous le patronage de quelque haute et puissante dame, qui consentait généreusement à servir de marraine au pauvre livre nouveau-né. Bien souvent le nom illustre et surtout les beaux yeux de la protectrice faisaient passer de mauvais vers, et sauvaient d'un honteux naufrage le frêle esquif de l'écrivain...

— J'avoue, Monsieur, qu'il m'est tout à fait impossible de comprendre où vous en voulez venir, et que l'énigme prend pour moi des proportions effrayantes...

— J'en veux tout simplement venir à ceci, Madame, que je suis au moment de publier un livre, et que j'ose attendre de vous, si haut placée parmi les plus grandes dames, et surtout si belle parmi les plus belles, l'insigne faveur de me permettre d'attacher votre nom au frontispice de ce livre, comme l'a fait peut-être une de vos aïeules, pour Calderon ou pour Cervantes.

— Ah! — Monsieur est homme de lettres? — fit la duchesse avec une sorte de dédain.

— Pas précisément, Madame, je suis d'abord et avant tout homme du monde, et pour me décider à écrire, il a fallu que le hasard mit au bout de ma plume un sujet si prodigisusement étrange, si vrai et pourtant si incroyable qu'il remuera le monde dans lequel nous vivons, madame la duchesse, comme jamais livre, sans doute, ne l'aura remué avant lui.

— Vous êtes présomptueux, Monsieur...

— Tous les auteurs le sont, Madame. Mais pour en revenir à ce dont je vous parlais tout à l'heure, permettez-moi de vous citer seulement mon titre, qui à lui seul doit procurer à l'ouvrage un succès de curiosité et de scandale.

— Voyons ce titre, Monsieur, puisque vous paraissez tant y tenir.

— Vous m'en ferez compliment, Madame...

— J'écoute.

— COURTISANE ET DUCHESSE! eh bien! qu'en pensez-vous?

La jeune femme en entendant ces mots, reçut dans le cœur une sorte de commotion électrique, elle pâlit et chancela sur son siége, tandis que Georges l'observait à la dérobée; mais en moins d'une minute elle sut commander à ce trouble, et elle répondit d'une voix qu'elle s'efforçait de rendre calme :

— Ce titre, Monsieur... il me paraît inconvenant et de mauvais goût, voilà tout!

— Je comprends, madame la duchesse, qu'au premier abord cela puisse vous faire cet effet-là, mais si vous saviez comme ces trois mots : *Courtisane et Duchesse* indiquent à eux seuls le sujet du roman...

— En vérité!!..

— Et puis c'est une donnée si simple... Trois personnages principaux, pas plus! Un jeune Anglais très-naïf, une jeune fille point du tout naïve, et un Italien, un artiste. Comme c'est rare et intéressant par le temps qui court d'interminables romans, sortes de lanternes magiques où passent mille types différents... comme ça ramène aux saines traditions de la bonne école littéraire, cette petite histoire des roueries amoureuses d'une femme... galante, et pour cadre les belles montagnes de la Suisse, car la scène se passe à Genève...

— A Genève! — s'écria la duchesse, qui en arrivait peu à peu à ne pouvoir plus dominer son émotion, — à Genève! — répéta-t-elle.

— Oui, Madame... La première partie du moins... est-ce que le lieu vous semble mal choisi?

— Eh Monsieur! — répondit impétueusement la jeune femme tout à fait hors d'elle-même. — Que me fait tout cela, je vous prie?.. que m'importent les rêveries de votre imagination, et pourquoi venez-vous mettre ma patience à bout en me racontant les scandaleuses aventures de quelque mauvais livre?.

— Pardon, madame la duchesse, mais quoique vous m'ayez accusé tout à l'heure d'être présomptueux, je dois avouer humblement que mon imagination n'est pour rien dans le roman dont il s'agit.

— Comment... Monsieur?...

— Je ne puis revendiquer que le mérite bien modeste d'*arrangeur*...

— Ainsi donc...

— Ainsi, madame la duchesse, j'ai travaillé sur des mémoires qui m'ont été communiqués... des mémoires bien curieux, je vous assure; surtout ceux qui m'ont servi pour la seconde partie... Elle se passe en Espagne, cette seconde partie, et quoiqu'elle finisse le livre, elle pourrait cependant lui servir de *Prologue* : ce sera d'un effet neuf en littérature, n'est-ce pas? Et puis mon héroïne a un nom charmant, un nom mythologique... ah! mon Dieu, je ne puis me rappeler... J'y suis, DANAE! c'est cela ! Mais figurez-vous que ce nom se trouve ne pas être véritablement le sien, ce qui corse beaucoup l'intrigue, elle s'appelle en réalité... attendez-donc... Comme la jeune première d'*Hernani*... DONA SOL!!!

« J'ai par hasard là, dans ma poche, le premier chapitre de ses confessions. Voulez-vous que je vous en lise quelques lignes... Vous allez voir, madame la duchesse, comme cela est bien écrit!

Et M. d'Entragues commença :

« *Vous qui fûtes l'ami de William, vous qui fûtes aussi le mien, Giorgione, vous avez un noble cœur !* »

— *Giorgione*, madame la duchesse, c'est l'artiste italien. Je poursuis :

« *La confiante amitié de William ne fut point trahie par vous, vous ne me trahirez pas non plus, je le crois, j'en suis sûre.*

« *Jamais vous ne...* »

Mais déjà la jeune femme n'écoutait plus : elle s'était levée, frémissante, éperdue, et saisissant le cordon de la sonnette, elle l'avait secoué violemment.

— Va-t-elle donc me faire jeter à la porte par ses laquais? — se demanda Georges.

Un valet de pied se présenta.

— Je n'y suis pour personne! — lui dit la duchesse... pour personne, vous m'entendez?

Le domestique s'inclina et sortit.

La jeune femme se rassit, croisa ses bras sur sa poitrine avec un geste presque viril, et fixa sur le comte d'Entragues son regard étincelant.

XII

Un marché conclu.

— J'ai lu sur votre carte, — dit la duchesse d'une voix brève, — et vous m'avez répété, Monsieur, que vous vous nommiez le comte d'Entragues?

— Oui, Madame, — répondit Georges en s'inclinant.

— Ce nom vous appartient-il réellement, Monsieur?

— Je ne comprends point parfaitement le sens de votre question...

— Je croyais avoir rendu ma pensée de la façon la plus intelligible ; mais si vous le voulez, je vais vous poser ma demande en termes encore plus clairs...

— Je le désire vivement, Madame...

— Eh bien! Monsieur, ce nom et ce titre que vous portez, les avez-vous volés?

— Madame la duchesse!!! — s'écria Georges, pâlissant tout à la fois de surprise et de colère.

— Monsieur le comte!... — répliqua la jeune femme en

attachant sur lui son regard, plus que jamais ferme et hautain.

— Cette insulte gratuite et sanglante...

— Pardonnez-moi si je vous interromps, — dit impérieusement la duchesse ; — je ne suis point Française, mais je parle le français à merveille, et je connais l'existence d'un ignoble métier qui, dans votre langue si riche, porte le nom honteux de *chantage*. Je sais cela depuis longtemps, Monsieur, et je n'avais point entendu dire jusqu'à ce jour, je l'avoue, que ce métier fût devenu une profession de gentilhomme...

— Madame... — s'écria le jeune homme.

La duchesse lui coupa la parole pour la seconde fois et reprit :

— Nous avons un marché à conclure ensemble, Monsieur ; et comme on désire en général savoir avec qui l'on traite une affaire, il était fort naturel de vous demander tout à l'heure, si vous aviez fabriqué votre titre et volé votre nom... Mais, après tout, peu m'importe. Finissons-en, car j'ai hâte de me débarrasser de votre présence. Vous possédez un secret que je veux racheter... ce secret vaut beaucoup d'argent ; aussi soyez tranquille, Monsieur, je ne vous marchanderai pas.

La duchesse s'arrêta.

Pendant un instant, Georges fut anéanti par le mépris écrasant de cette femme qu'il tenait en son pouvoir, et par laquelle cependant il était dominé malgré lui ; mais cette sensation ne dura qu'une seconde ; et (le dirons-nous et pourra-t-on le croire ?) les dernières paroles de la duchesse firent envisager à Georges sous un nouveau point de vue l'affaire qu'il venait traiter, le marché qu'il voulait conclure.

Georges se dit qu'en effet la duchesse était riche, immensément riche, que le secret qu'il pouvait lui vendre avait pour elle une incalculable valeur, et que peut-être il serait sage, abandonnant les plans hasardeux dont il poursuivait la réalisation, d'échanger contre une fortune les pouvoirs mystérieux qu'il avait reçus du hasard.

Mais d'abord M. d'Entragues tenait à la réussite de ses combinaisons, comme le romancier tient au succès de son livre, comme le dramaturge tient au succès de son drame; puis ensuite, pensa-t-il, il serait toujours temps, après avoir amené à bien la première partie de son œuvre, de suivre la nouvelle voie ouverte devant lui, et d'exploiter dans un intérêt nouveau la duchesse de Sandoval, inutile désormais à ses anciens projets.

Sans doute, ce calcul était infâme; sans doute, une perversité si grande, si déhontée soulève le cœur et fait crier à l'invraisemblable; sans doute, on nous reproche déjà d'avoir donné à Georges d'Entragues un de ces caractères trop complets pour le vice et *en dehors de la nature*; mais *tuer son père, empoisonner sa femme, assassiner ses enfants*, voilà des monstruosités qui grâce au ciel sont, elles aussi, *en dehors de la nature*, et pourtant...

La duchesse s'était levée; elle avait ouvert un secrétaire en ébène aux incrustations de cuivre et de nacre, et prenant dans l'un des tiroirs un petit portefeuille qui contenait un assez grand nombre de billets de banque, elle avait dit à Georges :

— Faites votre prix, Monsieur; combien vous faut-il ?

Mais déjà le comte d'Entragues avait repris tout son

calme habituel et tout son aplomb presque surhumain, car il répondit avec un demi-sourire et en soutenant à merveille le regard de la jeune femme :

— Mon Dieu, madame la duchesse, je vois avec un profond regret que nous ne nous entendons pas le moins du monde...

— Comment cela, Monsieur, je vous prie ?

— D'abord, madame la duchesse, permettez-moi de vous dire que vous avez une manière de juger les gens, et surtout de leur exprimer votre opinion, qui déconcerterait à tout jamais celui que ne soutiendrait point sa dignité naturelle et le témoignage de sa conscience...

— Après, Monsieur ?...

— J'ai eu l'honneur de vous dire il n'y a qu'un instant que j'étais gentilhomme... J'ajouterai que je suis riche et que vous vous êtes méprise sur mes intentions de la façon la plus complète...

— Mais cependant, Monsieur...

— Mais cependant, Madame, si au lieu de m'écraser dès le premier moment sous une véhémente indignation que je ne méritais en rien, je vous le jure, vous m'aviez fait l'honneur de m'écouter jusqu'au bout, vous nous auriez épargné à tous les deux de bien cruelles et bien injustes paroles... que vous regretterez tout à l'heure.

Ces derniers mots furent prononcés d'un ton profondément respectueux, et cependant avec un accent d'ironie contenue qui n'échappa point à la duchesse, car elle répondit aussitôt :

— Je crains, Monsieur, que nous ne nous égarions de nouveau bien loin du but, et comme je désire par-dessus tout couper court à un entretien pénible prolongé déjà outre mesure, veuillez me répondre simplement : Êtes-vous venu chez moi pour me proposer un marché?

— Oui, Madame...

— Eh bien ?

— C'est en effet pour cela que je suis venu ; mais dans le marché que nous devons conclure il ne doit point, il ne peut point être question d'argent.

— Que demandez-vous alors?

— Je vais vous le dire.

— Parlez, Monsieur.

— J'ai besoin de vous, madame la duchesse...

— Ah !

— Et le heureux hasard qui a fait tomber en mes mains... ce que vous savez, veut aussi que vous ayez besoin de moi.

— Ceci ne m'apprend pas...

— Ce que j'attends de votre bonté? un traité d'alliance.

— Un traité... d'alliance!...

— Offensive et défensive.

— Dans quel but?

— Dans un but d'intérêt commun.

— Cette réponse est bien vague.

— Je regrette de ne pouvoir, quant à présent du moins, m'expliquer davantage.

— Mais... si je refusais de m'associer à des projets que je ne connais point?

— Si vous refusiez?...

— Oui.

— Vous ne refuserez pas, madame la duchesse.

— Vous en êtes sûr?

— Parfaitement sûr.

— C'est-à-dire que je suis complétement en votre pouvoir !

— N'est-ce pas aussi votre opinion ?

-– Et vous comptez abuser, pour me perdre, des armes terribles que la fatalité vous a données contre moi !

— Ni en *abuser*, ni même en *user*.

Georges appuya sur les deux mots que nous soulignons.

— En vérité? — fit la duchesse avec ironie.

— Rien n'est plus vrai, — reprit M. d'Entragues, à moins...

Georges s'arrêta.

— Dites votre pensée tout entière, Monsieur.

— A moins que vous ne m'y forciez.

— Et comment pourrais-je le faire ?

— En refusant de m'accorder l'aide que j'attends de vous.

— Ainsi, — dit alors la jeune femme avec un rire amer, — ainsi, la duchesse de Sandoval doit obéissance au comte d'Entragues ?

— Qui n'en est pas moins, et qui restera toujours le plus humble, le plus dévoué, le plus respectueux de ses esclaves! — répondit Georges en s'inclinant profondément.

— Et si j'accepte ce qu'il vous plaît de nommer *un traité d'alliance*, quel sera le prix de ma condescendance?

— Une restitution complète.

— Qui aura lieu ?...

— Dans six mois, au plus tard.

— Et jusque-là ?...

— Ai-je besoin de vous jurer une discrétion à toute épreuve ?

— Cette discrétion, qui me la garantira ?

— Comme j'avais l'honneur de vous le dire tout à l'heure, notre intérêt commun.

— Eh bien ! Monsieur, puisqu'il le faut, j'obéirai.

— Vous acceptez ?

— J'accepte.

— Je n'attendais pas moins de vous.

Et Georges d'Entragues, prenant alors la main de la jeune femme, la porta à ses lèvres avec la galanterie élégante et raffinée d'un grand seigneur du siècle dernier.

— Maintenant que nous nous entendons, madame la duchesse, il me reste à vous dire ce que j'ai d'abord à vous demander.

— Quelque chose... déjà !

— Rien de difficile...

— Mais encore ?...

— Vous connaissez sans doute la vieille princesse de Trèsmes-Cariman ?

— Seulement de nom.

— Je vous prierai de vouloir bien vous faire présenter chez elle.

— Et ensuite ?

— Ensuite, il ne s'agira que d'aller habituellement à ses soirées et de gagner ses bonnes grâces, ce qui vous sera bien facile, madame la duchesse.

— Voilà tout ?

— Oui ; du moins quant à présent.

— Et plus tard, que me demanderez-vous ?

— A la duchesse de Sandoval, rien.

— A qui vous adresserez-vous donc?...

— A DANAE.

La jeune femme pâlit légèrement en entendant prononcer ce nom pour la seconde fois, et ses dents blanches et nacrées mordirent assez fortement ses lèvres rouges comme du corail, pour en faire jaillir une gouttelette de sang vermeil.

Mais c'est à peine si cette émotion fut visible; et quand la duchesse attacha sur Georges ses grands yeux veloutés, personne n'eût deviné, dans ce doux et long regard, l'expression d'une haine désormais implacable et terrible.

— La duchesse de Sandoval est curieuse, monsieur le comte, — reprit-elle avec une sorte d'enjouement, — curieuse de savoir à quelle noirceur vous comptez associer Danaë?

— Vous voulez que je vous le dise?

— Sans doute.

— Eh bien! madame la duchesse...

— Eh bien?

— Aux soirées de la princesse de Trêsmes-Cariman vous rencontrerez un jeune homme.

— Qu'arrivera-t-il de cette rencontre?

— Il en arrivera ceci.........

Georges hésita. Il y a de ces choses qui sont difficiles à dire à une femme, et le comte, malgré toute son audace, n'osait traiter la duchesse de Sandoval comme il avait traité Mazagran dans une situation semblable.

Une subite inspiration le tira d'embarras.

— Vous avez lu, je le suppose, ou vu représenter l'un des plus beaux drames de Victor Hugo : *Ruy-Blas?*

— Je l'ai lu, et je l'ai vu.

— Vous souvenez-vous de la fin du premier acte?

— Fort vaguement.

— Permettez-moi d'aider votre mémoire...

— J'aimerais mieux vous voir répondre à ma question de tout à l'heure.

— C'est ce que je fais en ce moment.

— Ah!

— Et, pour en revenir au drame, voici ce qui se passe à la fin de l'acte dont je vous parle : Don Salluste, exilé par la reine, se trouve seul, avec Ruy-Blas, son laquais, dans l'une des salles du palais de Madrid. Don Salluste va partir, et déjà il vient de donner divers ordres à Ruy-Blas, qui lui demande, après avoir juré d'obéir :

> Que m'ordonnerez-vous, seigneur, présentement?

La reine passe au fond du théâtre, et le vieux gentil-homme, la désignant à son laquais, lui répond à voix basse :

> De plaire à cette femme et d'être son amant!

— Je me rappelle maintenant à merveille cette scène, qui est fort belle, et ces vers, qui sont admirables; mais je ne puis trouver aucun point de comparaison entre don Salluste et Ruy-Blas, et la duchesse de Sandoval et le comte d'Entragues.

— Je vais, si vous le permettez, madame la duchesse, vous aider à comprendre...

Georges fut interrompu par un coup léger frappé à l'une des portes du petit salon dans lequel il se trouvait avec la jeune femme.

Cette dernière ne put retenir un geste d'impatience ; cependant elle dit :

— Entrez !

La porte s'ouvrit, et Georges vit paraître un homme jeune encore, qu'il supposa tout aussitôt devoir être le duc de Sandoval.

XIII

La chanoinesse.

Le nouvel arrivant était un homme de trente à trente-cinq ans, grand, mince, étroitement serré dans une petite redingote brune qui pinçait sa taille fine et cambrée ; il représentait d'une manière admirable le type de convention du *bel Espagnol*, l'Espagnol des théâtres et des lithographies.

En effet, son visage maigre et de forme un peu allongée était d'une teinte chaude et brune, vivement éclairée par de grands yeux noirs placés dans une profonde arcade sourcillière ; des cheveux noirs comme du jais, des moustaches en croc, d'épais favoris, et une impériale, aussi noirs que les cheveux, encadraient cette figure bistrée de leurs masses trop régulières pour qu'elles fussent gracieuses.

Sur un gilet de velours noir serpentait une chaîne d'or d'un travail exquis, incrustée de pierres précieuses à chacun de ses anneaux. Un pantalon de casimir noir exces-

sivement juste dessinait des formes académiques, élégantes
et nerveuses.

Somme toute, nous le répétons, l'Espagnol dont nous
venons d'esquisser le portrait n'avait qu'un seul défaut,
défaut dont, au reste, s'accommoderaient bien des gens :
c'était d'être un trop *bel homme*, et de paraître trop bien
le savoir.

Car, nous sommes forcés de l'avouer (au risque de faire
supposer à nos lecteurs et à nos lectrices que dame nature s'est montrée bien rigoureuse envers nous), la beauté
masculine, lorsqu'elle se complaît en elle-même, nous a
toujours semblé être une chose souverainement disgracieuse.

— Monsieur le duc de Sandoval... — dit la jeune
femme en désignant à Georges le nouveau venu.

— Monsieur le comte d'Entragues... — reprit-elle en
présentant le jeune homme au duc, qui rendit son salut à
Georges avec une politesse du meilleur goût.

Puis, désirant expliquer d'une façon toute naturelle la
présence, dans son salon, d'un homme dont le duc n'avait
jamais entendu parler, elle ajouta :

— Lady Wigmorland m'a présenté l'autre soir M. le
comte Georges d'Entragues, qui m'a fait le plaisir de se
souvenir de moi dès aujourd'hui. Je vois, mon ami, qu'on
ne m'avait point exagéré la galanterie proverbiale des
gentilshommes français.

Ces quelques paroles furent dites avec le plus grand
calme et avec un naturel parfait, comme si, l'instant d'auparavant, il n'eût été question, entre Georges et la duchesse, que des choses les plus simples et les plus complétement insignifiantes.

Le duc répondit qu'il était heureux et honoré de recevoir chez lui le comte d'Entragues, représentant de l'un des plus beaux noms de France, et qu'il se joignait à la duchesse pour le prier de se regarder comme invité d'avance à toutes les fêtes qui se donneraient pendant l'hiver à l'hôtel Sandoval.

La conversation continua quelque temps sur ce ton d'élégant verbiage, particulier aux gens du monde, sautillant d'un sujet à un autre sujet, et effleurant successivement les idées les plus sérieuses et les idées les plus futiles, sans s'arrêter à aucune; puis Georges, qui avait réussi au delà de ses espérances, prit congé de ses hôtes et se retira.

Il nous faudrait un volume pour raconter toutes les pensées qui traversèrent son esprit durant le trajet qui sépare les Champs-Élysées de la rue Saint-Lazare. Il se rappela phrase après phrase, et pour ainsi dire mot pour mot le double récit de lord William et de Danaë, et assista par l'imagination aux scènes étranges de l'existence de cette femme, tantôt courtisane et tantôt grande dame, qu'il venait de voir, lui le comte d'Entragues, d'abord si hautaine, si méprisante, si impérieuse, puis ensuite domptée, soumise, obéissante.

Il se dit que cette inexplicable créature était d'une beauté merveilleuse, d'une beauté souveraine; que bien des hommes jetteraient au vent des trésors pour obtenir une heure de son amour, et qu'en la donnant à Jules de Nodèsmes, il endemnisait d'avance ce dernier de la fortune qu'il allait lui voler.

Tandis que Georges se complaisait dans cette pensée

quasi-vertueuse, et se demandait si, tout bien calculé, ce ne serait point son ami qui, une fois dépouillé, lui devrait encore de la reconnaissance, il arriva dans la cour de la maison qu'il habitait, et, la première chose qui s'offrit à sa vue, fût une vieille calèche dételée, arrêtée devant le perron, et que son propre domestique s'occupait à décharger des bagages dont elle était couverte.

Cette calèche mérite, sans contredit, les honneurs de quelques lignes de description ; car nous offririons de parier, qu'à l'heure où nous écrivons, il n'existe pas dans toute la France, sous les hangars des carrossiers de province, dix véhicules de l'espèce disparue à laquelle elle appartenait.

Figurez-vous un train très-élevé, peint d'un rouge jadis vif, aujourd'hui terni et décoloré par les boues de tous les pays de la terre ; au-dessus de ce train, et juchée sur quatre ressorts immenses, une très-petite caisse toute ronde avec un ciel bombé, des portières si étroites, qu'on ne pouvait entrer et sortir qu'avec une peine infinie, et, enfin, au lieu de glaces, des rideaux de cuir glissant sur des tringles criardes, à l'aide d'anneaux de fer rouillés.

Représentez-vous, en outre, les panneaux revêtus d'une triomphante nuance jaune d'œuf, maintenant inappréciable sous les innombrables *raccords* exécutés par des mains inhabiles, et vous aurez une idée fort exacte de ce qu'était le bel art de la carrosserie il y a quelque soixante ans.

— Qu'est-ce que c'est que cette voiture? qu'y a-t-il, et que faites-vous là ? — demanda à son domestique, Georges singulièrement intrigué.

— Est-ce que monsieur le comte n'attendait personne? — répliqua le valet de chambre qui, se sachant une bonne nouvelle à annoncer, pensait avec raison qu'elle lui ferait pardonner quelques circonlocutions.

— Eh non ! je n'attendais personne !

— Il est cependant arrivé quelqu'un.

— Qui donc ?

— Madame votre tante.

— Ma tante ? — s'écria le jeune homme au comble de la surprise.

— Madame la comtesse de Boisjol en personne.

— Est-ce possible ! et où est-elle ?

— En haut, chez monsieur le comte, dans le salon, où elle se réchauffe, car elle paraissait toute glacée et toute malade en arrivant.

Georges n'en écouta pas davantage, et monta rapidement l'escalier.

La comtesse de Boisjol était en effet dans le salon, étendue au coin du foyer dans une chauffeuse, au fond de laquelle elle disparaissait tout entière.

Un seul regard fit voir à Georges que la digne chanoinesse était bien changée. Une extrême pâleur avait détruit sur son visage le dernier coloris de la vie, un tremblement nerveux et incessant agitait ses membres amaigris et pour ainsi dire amoindris.

Pourtant en apercevant Georges, un éclair de joie vint ranimer ses yeux : elle se souleva dans sa chauffeuse avec vivacité, et parut prête à se lever tout à fait pour aller au-devant de son neveu.

M. d'Entragues prévint ce mouvement, embrassa sa tante qui mouilla son visage d'une larme de joie et de tendresse, et lui dit en serrant sa main dans les siennes :

Je ne sais, chère tante, si je dors ou si je veille...

un bonheur si grand, si inespéré, si inattendu ! vous, ici, à Paris, chez moi, sans vous être annoncée, sans m'avoir prévenu ! en vérité j'ai beau le voir, j'ai beau me trouver là, près de vous, je ne puis me persuader que je ne suis point dans ce moment le jouet d'une douce illusion.

— Et pourtant rien n'est plus certain mon beau neveu, rien n'est plus réel, c'est bien moi, en chair et en os... En *os* surtout... — ajouta la chanoinesse, avec un demi-sourire doux et triste, en regardant sa main maigre, fluette, et pour ainsi dire transparente.

— Mais enfin, chère tante, ce n'est pas sans un motif grave, très-grave, que vous vous êtes décidée, par cette froide et rude saison et au mépris de toutes vos habitudes sédentaires, à faire le voyage de Paris ?

— Non, sans doute, répondit la chanoinesse, dont la figure prit au même instant une expression soucieuse et attristée, ce n'est pas sans un motif grave, très-grave...

— Et me permettez-vous de vous demander, — ajouta Georges d'un ton de tendre et respectueux intérêt, — me permettez-vous de vous demander quel est ce motif ?

— Sans doute, mon beau neveu, d'autant plus qu'il ne concerne que vous.

— Moi ! — fit Georges de plus en plus étonné.

— Voulez-vous me donner mon sac à ouvrage qui est sur cette table ? — dit la chanoinesse.

Georges lui donna le sac, qui était celui dont elle se servait à Cussac depuis un temps immémorial, immense récipient en velours grenat, tout brodé de paillettes d'acier.

La chanoinesse l'ouvrit, y prit un papier plié en quatre, et dit en le montrant à Georges :

— Vous reconnaissez ceci, n'est-ce pas ?

— Sans doute, c'est la dernière lettre que je vous ai écrite.

— Elle est datée du 1ᵉʳ février, elle m'est parvenue le 3, et elle contient la phrase suivante : « *J'ai réfléchi longuement aux sages conseils que vous m'aviez donnés ; j'ai résolu de les suivre le plus tôt possible, et je vous prie de vouloir bien, en qualité de mon unique parente, de ma seconde mère, écrire dans le plus bref délai à Monsieur et à Madame de Choisy, pour leur demander en mon nom, la main de Mademoiselle Esther de Choisy leur fille.* »

— Eh bien, chère tante, cette phrase exprimait alors, comme elle l'exprime aujourd'hui, ma pensée tout entière et mon plus vif désir.

— Quand je reçus votre lettre, mon beau neveu, reprit la chanoinesse, j'étais au lit, et tellement malade que je me croyais ne plus jamais vous revoir, ne plus jamais vous embrasser ; mais il paraît que la joie est le meilleur de tous les remèdes, car, au grand étonnement de mon médecin, je me pris à aller mieux comme par enchantement, et dès le lendemain tout danger avait disparu.

— Que je suis heureux et fier de penser, — dit Georges, — que, sans le savoir, j'étais pour quelque chose dans cette guérison miraculeuse !!

— Dites que vous y êtes pour *tout*, ce sera exact. — Je poursuivis. — J'avais dès ce premier moment conçu cette pensée, qu'il valait cent fois mieux venir moi-même demander la main d'Esther, que de faire cette démarche par écrit ; mais on ne commande pas aux forces de revenir, alors qu'on aurait besoin d'elles, et ma convalescence dura bien longtemps à mon gré. Enfin, un beau matin (il y a de cela quatre jours), mon médecin, à qui je ne laissais pas une seconde de repos, décida dans sa sagesse, que je pouvais me mettre en route sans courir un trop grand danger de rechute; deux heures après on me ramenait de Granville l'élégant équipage que vous avez sans doute remarqué dans votre cour; je m'emballais, moi, ma femme de chambre et mes bagages, le postillon se mettait en selle, nous partions, nous roulions, et ce matin je faisais mon entrée dans Paris...

— Ce matin! — interrompit Georges qui croyait que sa tante n'était arrivée que depuis quelques instants.

— Sans doute.

— Mais il me semblait...

— Je sais ce que vous allez me dire, mon beau neveu, et nous parlerons de cela tout à l'heure; mais d'abord, faites-moi le plaisir de répondre à deux ou trois questions. Ce que j'apprendrai par vous, éclaircira peut-être pour moi des choses qui dans ce moment me semblent parfaitement obscures.

— Interrogez, chère tante et je répondrai, — dit Georges de plus en plus surpris, de plus en plus intrigué.

— Que s'est-il passé entre vous et les Choisy depuis la dernière lettre que vous m'avez écrite?

— Mais il ne s'est absolument rien passé ma bonne tante...

— Je veux dire, quels ont été vos rapports avec ces *hobereaux?*

Il est impossible de rendre l'expression dédaigneuse qui accentua ce mot : *hobereaux*, prononcé par madame de Boisjol.

Georges en fut étonné, mais comme il avait hâte de

savoir à quoi en voulait venir sa tante, il ne la questionna
point à cet égard et il répondit :

— Ces rapports ont été les mêmes qu'à votre terre de
Cussac, et que lors de l'arrivée de M. de Choisy à Paris.

— Quand les avez-vous vus, pour la dernière fois?

— Il y a deux ou trois jours, à une soirée donnée par
une riche Anglaise, à laquelle je me suis fait présenter
par M. de Choisy,

— Et *ce Monsieur* vous témoigna-t-il alors, la même
bienveillance, je dirai plus, le même engouement que par
le passé ?

— Plus que jamais. J'avais obtenu la permission d'offrir son bouquet de bal à mademoiselle Esther, j'ai dansé
avec elle, et si je ne me suis pas fait alors une étrange
illusion, la famille entière paraissait désirer vivement voir
la charmante jeune fille, devenir comtesse d'Entragues.

— Et depuis ?

— Depuis? je ne les ai pas revus et n'ai point entendu
parler d'eux.

— Alors, — s'écria vivement la chanoinesse, — alors
il m'est impossible d'y comprendre quoi que ce soit !

— Mais enfin, ma tante, que voulez-vous dire ?

— Je veux dire, que ce matin je descendais de voiture
à l'*Hôtel des Ambassadeurs*, et que me faisant une fête de
votre joie et de votre surprise quand vous me verriez entrer chez vous en vous disant : nous signons le contrat
la semaine prochaine ! Je tombai chez les Choisy comme
une bombe, sans dire gare ! et sans me faire annoncer. Il
était midi : M. et madame de Choisy étaient tout seuls au
coin du feu de leur salon. On m'accueille avec de grands
cris de stupéfaction et d'ébahissement, et avec une foule

d'exclamations joyeuses; mais cette joie n'était pas franche, et je m'aperçus à l'instant même que j'étais arrivée comme un inconvénient...

— Vous vous serez trompée, ma tante.

— Pas le moins du monde, attendez un peu. J'entame la conversation et je veux marcher sans ambages et sans circonlocutions au sujet qui m'amène; impossible! Le vieux Choisy me voyait venir, et m'empétrait comme à plaisir dans les plus inextricables méandres de ces filandreux discours que vous connaissez. Tout d'un coup Esther arrive, rougit beaucoup en me voyant et me témoigne, elle, une joie vive et sincère, une tendresse ingénue qui me réchauffent un peu le cœur; mais elle n'était pas là depuis trois minutes, que son père la renvoya sous un prétexte en l'air, et si parfaitement absurde que je ne pus m'empêcher d'en hausser les épaules avec dedain.

« Nous voilà seuls de nouveau, et cette fois mon parti était bien pris : j'interromps net M. de Choisy qui tentait de se replonger dans quelque verbiage stupide et interminable, et je demande pour vous de la façon la plus solennelle la main de mademoiselle Esther...

— Et l'on vous refuse ?? — s'écria Georges, en proie à une anxiété et à un trouble inexprimables.

— Pas précisément, mais à peu près... M. de Choisy a paru excessivement embarrassé; m'a juré que votre recherche l'honorait plus qu'il ne pouvait le dire (et par parenthèse, je le crois bien que votre recherche l'honore) ! Qu'il regardait comme un bonheur tout particulier d'appartenir de plus près à notre famille (comme s'il y avait jamais appartenu d'aucune façon, même de la main gauche) ! mais que sa fille *était encore si jeune*, etc... etc...

bref, toutes les banalités que vous devinez d'ici. J'allais l'entreprendre rudement, et lui démontrer que depuis le commencement de ma visite, il accumulait sottises sur sottises et bêtises sur bêtises, quand la porte s'est ouverte, et une façon de grand laquais que je ne leur connaissais point là-bas, a annoncé d'une voix retentissante :

— Son Excellence le prince de Falckenberg.

« Est-ce que vous avez jamais entendu parler de ce prince-là ?

— Jamais ! — répondit Georges d'une voix sourde.

Nous prions nos lecteurs de vouloir bien se souvenir que M. d'Entragues venait de quitter la fête de lady Wigmorland, au moment où cet *illustre* étranger était arrivé dans les salons en compagnie du Staroste de Lüblinitzki.

— Cette *Excellence*, puisque *Excellence* il y a, — continua la chanoinesse, — me parut fort âgée et fort décrépite, malgré mille inventions rajeunissantes, telles que : cheveux postiches, favoris teints, moustaches peintes et mollets peu authentiques; bref, de Falckenberg me déplut souverainement. M. de Choisy, au contraire, le reçut avec des myriades de petits soins respectueux, de courbettes obséquieuses d'une platitude révoltante, et fit si bien, qu'au bout de dix minutes, comprenant que j'étais de trop, et que ma présence gênait singulièrement je ne sais quels projets du vieux fou, je remontai sur mes grands chevaux, je fis une révérence fort légère et assez impertinente, et je sortis l'air fier et hautain, mais l'âme désolée.

« Rien au monde ne m'aurait décidée à rester plus longtemps dans ce malencontreux hôtel. Je fis recharger mes bagages, j'envoyai chercher de nouveaux postillons, je remontai dans ma voiture, et me voici.

« Et maintenant, mon beau neveu, ne vous désolez pas. Si tout ceci ne s'arrange point, nous vous trouverons une femme aussi jolie qu'Esther, et de grands parents un peu moins ridicules que nos stupides voisins de campagne !

« Que dites-vous de tout ceci ?

Georges ne répondit point.

Depuis un instant, il n'écoutait plus. Sa tête était appuyée sur sa main, et de profondes et sombres réflexions l'absorbaient tout entier.

FIN DE LA PREMIÈRE PARTIE.

DEUXIÈME PARTIE.

LES LOUPS SE MANGENT ENTRE EUX.

I

Le prince de Falckenberg.

Depuis un mois à peu près, il se faisait, à l'*Hôtel des Princes*, l'aristocratique caravansérail de la rue de Richelieu, plus de bruit et plus de mouvement encore que d'habitude, si toutefois cela est possible.

Des laquais à livrée éclatante et bizarre, parlant pour la plupart fort mal le français, mais suppléant par la pantomime à l'insuffisance du langage, traversaient sans cesse les cours et les escaliers.

D'élégantes voitures entraient et sortaient continuellement, et des palefreniers admirablement tenus promenaient du matin au soir des chevaux de grand prix.

Tous ces laquais, tous ces chevaux, toutes ces voitures appartenaient à deux étrangers de haute distinction et im-

mensément riches, dont s'occupait déjà Paris, depuis le
faubourg Saint-Germain jusqu'au faubourg Saint-Honoré,
en y comprenant le quartier Saint-Georges et le quartier
d'Antin.

Ces étrangers étaient le prince de Falckenberg et le
Staroste de Lüblinitzki.

Nous prions nos lecteurs de vouloir bien nous suivre
dans l'appartement que son excellence le prince de Falckenberg occupait à l'*Hôtel des Princes*.

Il était midi, et si l'on s'était présenté chez *son excellence*, et qu'on eût été reçu, ce qui est fort peu probable,
en raison de l'heure matinale, voici ce que l'on aurait vu :

D'abord, et dans la première antichambre, trois grands
laquais, galonnés sur toutes les coutures, et porteurs des
mines les plus impertinentes qu'il soit possible d'ima-
giner.

La livrée, éclatante à l'excès, était écarlate avec des ai-
guillettes d'or, et de larges boutons fantastiquement ar-
moriés.

L'un de ces trois laquais taillait un *Baccarat*, et ses
deux collègues pontaient à qui mieux mieux, sans réussir,
à faire sauter la banque.

Dans un salon d'attente qui suivait l'antichambre, se
tenait, mollement enfoncé dans un fauteuil, et complètement désœuvré, un quatrième domestique qui, celui-là, ne
portait point la livrée, mais bien une sorte de vêtement
d'une coupe particulière, en drap vert-sombre entièrement
garni de fourrures.

Puis après avoir traversé un troisième salon, on arrivait
enfin à la chambre à coucher du prince, lequel venait de

se lever, et livrait, pour le moment, sa personne aux soins actifs et intelligents de son valet de chambre.

La pièce dans laquelle nous allons entrer, présentait en ce moment un tableau qui, s'il avait son côté comique, avait aussi son côté hideusement ridicule.

Le principal personnage, c'est-à-dire le prince, était un vieillard. Ses traits, sans avoir rien de positivement repoussant, offraient un ensemble pénible à contempler cependant, parce que dans leurs rides multipliées, dans le ton blafard et livide de la peau avachie qui les couvrait, on devinait que toutes sortes de passions mauvaises et dévorantes, avaient, plus encore que les années, amené cette décrépitude si complète et si effrayante.

Le crâne, luisant et complètement dépouillé, ressemblait à de l'ivoire sali. Une perruque d'un noir magnifique, et dont les boucles juvéniles artistement massées, dénotaient la main habile de Giovanni, était soutenue par un petit piédestal en palissandre, posé sur la toilette devant laquelle monsieur de Falckenberg étudiait la composition de son visage.

Et c'est à dessein que nous nous servons de ce mot : *composition*, car jamais artiste amoureux de son œuvre n'a mis autant de soin à l'ordonnance d'un tableau, que le vieillard et son fidèle serviteur en apportaient aux préparations successives que nous allons décrire.

Une couche de *cold-cream* fut d'abord étendue sur toute la surface de la figure, puis, ou bout de deux ou trois secondes, délicatement essuyée avec un mouchoir de batiste d'une incomparable finesse.

Le valet de chambre prit alors une houppe en duvet de cygne, à l'aide de laquelle il saupoudra de poussière de riz la peau rendue onctueuse et humide par l'emploi du cold-cream.

Pendant une minute, le prince ressembla de la façon la plus complète au mieux enfariné de tous les pierrots, mais le valet prit un second mouchoir, et d'une main habile et douce frotta successivement toutes les parties de la figure, de manière à incruster pour ainsi dire dans les pores la poudre blanche et impalpable.

La première partie du *replâtrage* était opérée, mais ce n'était rien auprès de ce qui restait à faire.

Un troisième mouchoir fut légèrement imbibé de vinaigre rouge végétal, et promené avec une patience de miniaturiste sur les pommettes des joues, de manière à figurer le mieux possible les fraîches couleurs de l'adolescence.

Une boîte d'or toute ouverte, placée sur la toilette, renfermait plusieurs pinceaux et deux ou trois petits godets contenant du noir et du bleu.

Le valet chambre se servit de ces pinceaux pour agrandir l'angle externe des yeux, simuler des veines, et indiquer les sourcils qui brillaient par leur absence.

Un splendide ratelier en magnifiques et véritables *osanores* (ne pas confondre avec les fausses *osanores* de MM. ***) vint orner la bouche démantelée ; et les lèvres prirent, grâce à un opiat merveilleux, la suave couleur incarnat des lèvres d'une jeune fille.

Quand aux moustaches, un cosmétique oriental leur avait donné une teinte d'un noir de jais, qu'eût enviée jadis, sans aucun doute, le mieux partagé, sous ce rapport, des hussards-Chamborant.

Rien ne peut donner une idée de l'effet prodigieux et

baroque que produisait ce visage blanc et rose surmonté
par un crâne aride et nu.

La perruque dont nous avons parlé déjà, vint alors
dissimuler cette calvitie, et rendre complètes et harmo-
nieuses toutes les parties de l'édifice.

Le prince, satisfait des résultats qu'il venait d'obtenir,
se mira quelques instants dans la glace, puis quitta son
siége.

Il était maigre, sec, et semblait encore vigoureux,
quoique ses jambes fluettes flottassent dans les caleçons
de cachemire qu'il portait.

Un pantalon convenablement ouatté, s'ajustant à merveille sur des bottes vernies d'une grande finesse, adapta
aux tibias défectueux de fort raisonnables mollets.

Il ne restait plus qu'à mettre la cravate avant de terminer la toilette, et le prince se livra de nouveau à son
valet de chambre.

La cravate, du reste, on ne le croirait peut-être pas,
est l'écueil devant lequel viennent échouer les prétentions d'un nombre considérable de *ci-devant jeunes hommes*,
voici pourquoi :

Une masse de chairs, formant bourrelet, et de peaux
flasques et pendantes, font ressembler le cou de certains
vieux libertins à un cou de dindon, et ne trouvent à se
loger qu'en dérangeant sans cesse les plis étudiés de la
cravate, qu'ils débordent le plus souvent.

Le valet du prince sut éluder la difficulté. Il rassembla
ces chairs récalcitrantes derrière la nuque du vieillard,
et les assujettit de telle façon, en serrant à propos les
nœuds du satin noir, que la peau se trouva par-devant

presqu'aussi lisse et presqu'aussi blanche que le col de chemise en fine toile de Hollande.

Un gilet de piqué blanc, un habit juste, vert-bronze, boutonné sur la poitrine, et *illustré* de diverses décorations, achevèrent de donner à M. de Falckenberg l'apparence d'un homme d'à peu près quarante-cinq ou cinquante ans, très-soigneux de sa personne.

En ce moment, le domestique à la houppelande doublée de fourrures, frappa discrètement à la porte de la chambre à coucher, et dit, après avoir reçu l'autorisation d'entrer :

— Son Excellence le Staroste de Lüblinitzki, fait demander si Son Excellence le prince de Falckenberg peut lui faire l'honneur de le recevoir ?

— Je suis à lui ; faites-le prier de m'attendre au salon, — répondit M. de Falckenberg.

Le valet s'inclina et sortit.

Peu d'instants après, son maître le suivit. Le Staroste de Lüblinitzki était installé déjà au coin du feu du salon, fumant un cigare et parcourant l'*Entr' Acte* qui se trouvait là avec plusieurs autres journaux.

Cette seconde *Excellence*, à laquelle nous ne donnerons du reste que quelques lignes en ce moment, était, lui aussi, un vieillard, mais d'un type essentiellement différent.

Autant le prince mettait de labeur et d'étude à se rajeunir de quelques années, autant le Staroste affectait d'indifférence et de laisser-aller, négligeant tout ce qui aurait pu servir à dissimuler son âge.

Ainsi, ses longs cheveux d'un blanc d'argent flottaient à l'aventure sous son bonnet hongrois, autour de son visage d'un rouge brique, au milieu duquel étincelaient deux yeux gris, au regard d'oiseaux de proie.

Des moustaches d'une longueur phénoménale, et aussi blanches que ses cheveux, tombaient sur les revers en fourrure de sa polonaise.

Il s'exprimait facilement, mais avec un accent prononcé. Le prince de Falckenberg, au contraire, entendait et parlait le français comme un Parisien pur sang.

Le Staroste ne se leva point au moment de l'entrée du prince dans le salon. Il se contenta de lui tendre la main, que ce dernier serra d'une façon toute cordiale et nullement cérémonieuse.

— Vous me pardonnez, mon cher prince, — dit le Staroste, — d'être venu vous déranger si matin...

— Vous savez bien, — interrompit M. de Falckenberg, — que vous ne me dérangez jamais.

— Je comptais vous demander si vous aviez disposé de votre soirée ?

— Jusqu'à présent, non.

— Alors, nous la passerons ensemble.

— Où cela ?

— J'ai envoyé retenir une loge d'avant-scène au théâtre de la Porte-Saint-Martin, et on vient de m'apporter le coupon.

— Que joue-t-on ?

— *La Biche au Bois.*

— Mais, — dit le prince, en souriant, — j'ai déjà vu cette pièce avec vous : est-ce que vous seriez attiré là-bas par quelque intérêt de cœur ?

— Pas précisément : pourtant j'ai cru remarquer l'autre jour, une petite danseuse que l'*Entr'Acte* appelle *Rosette,* et qui m'a paru fort jolie. Je ne serais point fâché de m'assurer de la réalité du fait. Madame Belphégor, à laquelle j'ai payé d'avance mon abonnement du mois, me laisse depuis une semaine singulièrement au dépourvu.

— Écoutez, — dit le prince, — voulez-vous me rendre un service ?

— Certainement.

— Tenez-vous beaucoup à aller ce soir plutôt que demain à la Porte-Saint-Martin ?

— Pourquoi me demandez-vous cela ?

— Parce que je vous prierais de me céder votre coupon de loge.

— Qu'en voulez-vous faire ?

— *La Biche au Bois* est une *féerie*, par conséquent une pièce morale, et qu'on peut aller voir en famille, je mettrais l'avant-scène à la disposition de quelqu'un de ma connaissance, à qui je tiens beaucoup à être agréable.

— Prenez, prenez, mon ami : moi j'irai à l'Opéra revoir les petites danseuses hongroises. J'en ai remarqué quatre ou cinq dont je parlerai demain à madame Belphégor.

— Ainsi, c'est convenu ?

— Voici la loge.

Le prince frappa sur un timbre avec un petit marteau d'argent, un valet parut.

— Est-on venu de chez madame Adde ?

— On a apporté un carton pour Son Excellence, — répondit le domestique.

— Donnez-moi ce qu'il faut pour écrire, et montrez-moi ce carton.

Un bureau portatif fut mis devant M. de Falckenberg,

qui traçant quelques lignes sur une feuille de papier satiné, les glissa sous enveloppe avec le coupon d'avant-scène, puis il ouvrit le carton envoyé par madame Adde, et il en sortit le plus magnifique bouquet qu'il soit possible d'imaniger, un de ces bouquets qui coûtent quinze louis, et qui ne sont pas chers.

Le prince témoigna sa satisfaction par un geste, et dit au laquais :

— Que la berline, l'attelage gris pommelé et deux valets de pied, soient à deux heures précises dans la cour de l'*Hôtel des Ambassadeurs*. Jean remettra lui-même ce bouquet et cette lettre.

Puis le prince écrivit l'adresse que voici :

« *A Monsieur de Choisy, de la part du prince de Falckenberg.* »

— La voiture, — ajouta le prince en s'adressant au domestique, — restera toute la journée au ordres de M. de Choisy.

Le valet sortit. M. de Falckenberg se frotta les mains.

§

Nos lecteurs ont-ils deviné quelles ont été leurs relations antérieures avec les deux personnages que nous mettons en scène.

Nous ne le croyons pas, à moins toutefois qu'ils n'aient eu connaissance à l'époque où ils se sont passés, des faits, sur lesquels repose la donnée de cette très-véridique histoire.

Dans tous les cas, nous allons venir à l'aide de leur mémoire, ou de leur pénétration.

L'un de ces personnages, le Staroste, n'est autre que le sauvage et terrible Polonais, dont Perdita croyait avoir causé la mort.

Le second, prince de Falckenberg, a passé deux fois déjà dans ce récit sous le nom de *comte de Fly*.

Maintenant, par quelle suite d'événements bizarres, le premier maître de Georges d'Entragues, se trouvait-il à Paris, sous un pseudonyme éclatant, menant grand train, ami du Staroste, envoyant des fleurs à mademoiselle de Choisy, et mettant ses chevaux à la disposition du vieux gentillâtre Normand ?

Voilà ce que nous saurons bientôt.

Épisodes de la vie d'un Joueur.

On se souvient des circonstances dans lesquelles nous avons quitté le comte de Fly, s'embarquant sur l'un des bateaux à vapeur de la Méditerranée, après avoir aidé Georges d'Entragues à voler leur argent aux braves Marseillais, vol qui, du reste, n'avait profité qu'à lui seul.

Depuis ce temps, à la vérité, nous l'avons vu passer comme un mauvais génie, dans le récit de Perdita ; mais la jeune femme, dont il avait d'un souffle empoisonné l'existence et détruit tout le bonheur, ne savait ni qui il était, ni d'où il venait, ni enfin dans quel pays il était allé porter ensuite ses pas aventureux.

Il lui avait bien semblé une fois, à Bade, le voir passer en compagnie du vieux Staroste, emporté au trot rapide d'un attelage à quatre chevaux.

Mais la réunion de ces deux hommes, par qui elle avait eu tant à souffrir, lui avait paru une chose si invraisemblable, et pour ainsi dire si impossible, qu'elle avait fini par se persuader qu'une étrange ressemblance était venuë l'abuser.

Or, voici le narré rapide de l'odyssée du comte de Fly :

§

Au moment où l'habile filou s'éloigna de l'hospitalière Marseille, il ava.t en sa possession une somme ronde de deux cent mille francs.

C'était beau, et il y avait moyen avec cela de faire à Paris une brillante figure, tout en réalisant sous main de nouveaux bénéfices. Mais le séjour de Paris et même celui de la France entière lui étaient, pour le moment, interdits par la prudence, car il se doutait bien que le jeune comte d'Entragues était homme à lui faire rendre gorge d'une façon un peu vive, s'il venait seulement à soupçonner de quel côté il avait disparu.

Le faux gentilhomme aborda donc en Italie. Séduit par la beauté du ciel, par la douceur du climat, par le parfum des orangers en fleurs, il eut l'idée de renoncer à son existence de flibustier, et de passer le reste de sa vie à lire les odes d'Horace et les vers de Tibulle sur les bords du golfe de Naples.

En conséquence, il employa la plus forte partie de la somme qu'il possédait à l'acquisition d'une ravissante villa, pour la description de laquelle nous renvoyons nos lecteurs aux mille et un romans, dont la scène se passe en Italie.

Le soi-disant comte avait à cette époque changé son nom de guerre contre celui moins compromettant de *baron de Giverny*.

La villa qu'il habitait était voisine de Naples. Des prétextes ingénieux, mis en œuvre avec beaucoup d'habileté, l'âge mûr du Français, et sa position de fortune apparente lui ouvrirent peu à peu les portes de quelques salons aristocratiques. — Ses instincts de joueur reprirent alors le dessus.

Le baron était un homme aimable, il sut bientôt se rendre nécessaire à ceux qui le recevaient, et les Napolitains furent longtemps à s'apercevoir, et plus longtemps encore à s'étonner, du singulier bonheur avec lequel leur hôte empochait leur argent.

Mais, comme dit le proverbe, *tant va la cruche à l'eau, qu'à la fin elle se casse* : un beau jour le baron oublia son tact et sa modération habituels. Il fut observé, on surprit son manége peu innocent, et force lui fut, pour se soustraire à des insultes incessantes, et peut-être bien même aux poursuites de la justice, force lui fut, disons-nous, de quitter au plus vite Naples et l'Italie.

Sa villa lui restait, il est vrai, et il la fit vendre par l'entremise d'un agent d'affaires; mais ces messieurs ne sont guère moins... *habiles* à Naples qu'à Paris, et il retira cinquante mille francs tout au plus de ce qui lui en avait coûté cent cinquante mille.

Le baron de Giverny, devenu le *chevalier de Briquesol*, entreprit à cette époque diverses pérégrinations, dont les résultats, mêlés de succès et de revers, sont pour nous sans aucune espèce d'intérêt.

Dans cette période de son existence, la série des revers domina cependant de beaucoup celle des succès : sa bourse allait s'amoindrissant, et son étoile pâlissait d'une façon visible.

Le moment arriva où elle s'éclipsa tout à fait.

C'était dans la ville de ***, en Allemagne. Le chevalier de Briquesol jouait au *creps*, et il avait trouvé fort ingénieux et fort commode de commander à la fortune avec des dés pipés.

Mais, là comme à Naples, la prudence lui manqua. Le flagrant délit fut constaté. Il avait affaire à des fils de famille fort influents dans la ville; la police le prit au collet, et, sans autre forme de procès, l'envoya méditer pendant quelques mois en prison, sur les avantages et les inconvénients des *cartes bisautées* et des *dés* trop complaisants.

Quand le Français sortit de la géôle, il était sans le sou, les jeunes gens trompés par lui ayant jugé convenable de se faire accorder, à titre d'indemnité, la totalité des sommes dont il était possesseur.

Poussé par la nécessité, et se trouvant sans ressources sur le pavé, le chevalier de Briquesol se fit voleur, de filou qu'il était déjà.

Une bourse assez bien garnie fut adroitement dérobée par lui à une vieille dame chez laquelle il s'était introduit, grâce à un message supposé dont il avait été chargé, disait-il, par un vieux parent de la douairière, établi en France depuis longues années.

Les quelques pièces d'or qu'il se procura ainsi lui servirent à gagner Aix-la-Chapelle. Là, il entra dans une maison de jeu, et mit sur *la noire* le peu qui restait dans sa bourse. La fortune lui sourit, et une martingale de quatre coups le remit tout à fait à flot. Pendant deux mois qu'il passa à Aix-la-Chapelle, il joua chaque jour, et avec tant de sagesse et tant de chance que, vers la fin de la saison, il se retrouva riche d'une soixantaine de mille francs.

L'année d'après, ayant repris le nom de *comte de Fly*, le seul qui, dans ses idées de joueur superstitieux, lui portât réellement bonheur, il arriva à Munich et se trouvait mêlé, de la manière que nous savons, à la vie de Perdita.

Une rencontre avait eu lieu entre Stéphen et lui, le lendemain du jour où la jeune fille était ramassée mourante et folle sous les pieds des chevaux du prince de ***, et la destinée injuste avait fait tomber le pauvre étudiant de Munich sous l'épée de l'aventurier Français.

Après ce honteux exploit, le comte de Fly quitta précipitamment, et pour cause, le territoire de Bavière; il craignait d'être poursuivi, et savait par expérience combien l'air des prisons est pesant et malsain.

Et puis, la signora Lola Montès n'était point encore là pour protéger de sa cravache d'amazone les duellistes trop heureux.

§

Les pages qui précèdent ne sont, comme nos lecteurs vont bientôt le voir, qu'une sorte d'avant-propos qui nous amène à cette partie de notre histoire, où les événements prendront une couleur étrange et presque fantastique, quoique les faits sur lesquels nous nous basons soient parfaitement vrais, et connus d'ailleurs de toute l'Allemagne.

C'était à Bade, pendant la saison des eaux de l'année 1843.

Une foule immense d'étrangers encombrait, comme elle

le fait chaque année, tous les hôtels de la petite capitale, et répandait ses flots éblouissants de grands seigneurs et de grandes dames, de filles légères et de chevaliers d'industrie, dans les environs enchanteurs de la ville, sur le Cours, et dans les salons de jeu et de conversation.

Le comte de Fly était à Bade.

On comprend à merveille que son intention en venant aux eaux n'avait point été de risquer beaucoup d'or au jeu perfide, mais après tout loyal, de la *roulette* ou du *trente et quarante*. Agir ainsi, c'eût été pour lui, suivant ses idées et ses habitudes, jouer une *partie de dupe*.

Son but (au milieu de l'inévitable familiarité qu'engendrent le tumulte et le laisser-aller) était de faire quelques connaissances brillantes, qu'il pût dans l'avenir exploiter à son profit.

Ceci n'était point mal vu, et nous pourrions affirmer qu'un grand nombre d'industriels font, en pareilles circonstances, un calcul absolument semblable.

Déjà M. de Fly s'était mis sur un assez bon pied d'intimité avec deux ou trois *margraves* et autant de *magnats*, quand arriva à Bade un étranger que personne ne connaissait, mais que précédait une réputation colossale.

Cette réputation lui était acquise à deux titres : d'abord, par sa fortune, qui, disait-on, était immense ; puis, par son originalité, qui, dépassant les bornes du possible, semblait toucher de très-près à la folie.

C'était un Polonais de naissance illustre, qui s'appelait de Falckenberg.

On citait de lui des traits de la plus incroyable extravagance.

L'un d'eux suffira pour mettre nos lecteurs à même de

juger quel homme excentrique c'était que le prince de Falckenberg.

Il ne s'était jamais marié, voici pourquoi.

Son habileté à tirer le pistolet était si grande, qu'à quarante pas il tuait une mouche sur un mur. Or, la première condition qu'il avait de tout temps mise à un mariage, était que la veille du jour des noces, sa belle fiancée lui permettrait d'abattre avec la balle de son arme une rose qu'elle tiendrait entre ses lèvres.

Il eût fallu beaucoup d'amour pour faire passer une jeune fille par-dessus une semblable clause, et comme le prince de Falckenberg ne pouvait guère inspirer un tendre sentiment, toutes les fiancées reculèrent au moment de l'épreuve.

Son Excellence avait en effet quarante ans un peu passés, il était de grande taille et d'une maigreur prodigieuse. Sa figure longue et osseuse, d'une pâleur presque livide, recevait un cachet d'étrangeté sauvage, d'un nez long et crochu assez semblable au bec d'un aigle, et de deux yeux noirs, d'une fixité et d'un éclat insoutenables.

Tel les Italiens se figurent le *Jettator*, tel était le prince de Falckenberg.

Il avait amené à Bade un grand train de gens et d'équipages, et apporté des sommes considérables, avec lesquelles il se proposait, disait-on, de faire sauter la banque par manière de divertissement.

Le prince avait fait louer d'avance pour lui et sa suite une maison tout entière; il s'y installa, et pendant une semaine il vécut dans la retraite la plus profonde, ne sortant ni le jour ni la nuit, et passant son temps à tirer le pistolet dans le jardin qui dépendait de sa demeure.

Tous les jours, à deux heures, une calèche découverte à six chevaux sortait de la maison du prince et parcourait les promenades; mais cette voiture était vide, au vif désappointement des curieux, qui ne comprenaient pas qu'on vînt aux eaux pour s'y enfermer entre quatre murailles.

Au bout d'une semaine, pour la première fois, quelqu'un se montra dans la calèche.

Ce quelqu'un était le prince.

Grande fut la surprise de la foule, qui conjecturait que le nouveau venu pousserait l'originalité jusqu'à quitter Bade sans avoir mis les pieds dehors; plus grande encore fut-elle le soir, quand on vit M. de Falckenberg entrer dans les salons de jeu et s'approcher d'une table de trente et quarante.

Tous les *Pontes* pensèrent qu'il allait se passer quelque chose d'extraordinaire, et d'un mouvement unanime, retirèrent leurs enjeux.

— Les *Croupiers* eux-mêmes sentirent une émotion inconnue agiter leurs cœurs, morts depuis si longtemps à toutes les émotions.

III

Un conte d'Hoffman.

Le prince de Falckenberg tira gravement de l'une des basques de son habit, un large portefeuille qui contenait plusieurs billets de banque, et une somme énorme en un mandat payable à vue au porteur, et accepté par le principal banquier de Bade, puis il demanda à l'un des croupiers, quel était l'enjeu le plus considérable qu'il fût permis de ponter d'un seul coup (1) ?

Le croupier allait répondre, lorsque M. Bénazet qui se trouvait là, s'approcha du prince, et lui dit avec une courtoisie parfaite, que cette fois la banque dérogerait à ses habitudes, et tiendrait tout ce que Son Excellence jugerait convenable de jouer.

Le prince s'inclina en signe de remerciment, et mit sur *la rouge*, vingt-cinq billets de banque de mille francs chacun.

(1) Le chiffre le plus considérable d'habitude est 8,000 fr., et quand la banque est en perte de 30,000 fr. elle ne tient plus.

La rouge sortit.

M. de Falckenberg fit son *paroli* : la rouge gagna trois fois encore. Au quatrième coup, le prince avait cinquante mille écus de bénéfice, et la banque se trouvait momentanément sans argent.

— Que Votre Excellence veuille bien se donner la peine d'attendre quelques instants, — dit alors M. Bénazet, — dans cinq minutes la banque sera de nouveau en mesure de tenir tout ce que voudra Votre Excellence.

— Je reviendrai demain, — répondit le prince. — Et il s'éloigna, sans adresser la parole à qui que ce soit, sans paraître remarquer le moins du monde les provoquantes œillades d'un certain nombre de jolies femmes très-décolletées qui s'empressaient sur son passage.

Le lendemain il revint en effet.

Ce soir-là, et les deux jours suivants il joua de la même manière, sans combinaisons, sans calculs d'aucune sorte, et il obtint les mêmes résultats.

On ne parlait à Bade que de ce formidable bonheur. Des lettres adressées aux journaux de Paris allaient publier dans l'Europe entière, le nom du prince de Falckenberg, et M. Bénazet désespéré, se disait tout bas, que pour peu que cela continuât, il serait un homme ruiné.

Le comte de Fly, attiré par un sentiment de vive et naturelle curiosité, ne manquait point de se trouver au premier rang de la nombreuse galerie, qui se formait chaque soir autour de l'heureux joueur.

Le cinquième jour, à l'heure accoutumée, M. de Falckenberg arriva à son poste, et comme de coutume posa vingt-cinq billets de mille francs sur la *rouge*.

Cela fait il croisa flegmatiquement les bras et attendit.

Une minute après, un frémissement de surprise courait dans les salons.

La noire était sortie! Pour la première fois le prince avait perdu, et l'on en était arrivé à croire, que le prince ne pouvait pas perdre.

Lui-même fit un geste d'étonnement, puis il prit cinquante billets de banque dans son portefeuille et les mit de nouveau sur la *rouge*.

Une de ces inspirations avec lesquelles les joueurs se ruinent ou s'enrichissent en une seconde, traversa dans ce moment l'esprit du comte de Fly.

— La *déveine* commence, — se dit-il : — elle sera ce qu'a été la *veine*.

Et cédant sans réfléchir à l'instinct qui le poussait en avant, il posa cinquante mille francs sur la *noire*.

— Ah! — dit le prince en fronçant légèrement le sourcil : mais ce symptôme de mécontentement ne fut qu'un éclair et il salua le comte de Fly, comme au moment d'un duel on salue son adversaire.

Les spectateurs étaient plus nombreux ; l'attention redoublait : la partie était devenue en effet doublement intéressante par l'apparition de ce nouveau joueur, qui paraissait vouloir lutter contre M. de Falckenberg.

— Faites votre jeu, Messieurs, rien ne va plus, — dit le croupier de sa voix lente et nazillarde.

Les cartes tournèrent.

La noire était sortie de nouveau.

— Ah! — répéta seulement le prince, puis il ponta *cent mille francs* sur *la gagnante*.

On se demanda ce qu'allait faire le comte de Fly.

L'attente ne fut point longue, il changea tout simplement de côté, et mit à son tour *cent mille francs* sur la couleur que quittait le prince, c'est-à-dire sur *la rouge*.

La rouge sortit.

Le comte de Fly ne s'était point trompé : la *déveine* fut aussi terrible que la *veine* avait été prodigieuse, et, en fort peu de coups, grâce à la martingale insensée de son adversaire, qui doublait toujours et perdait sans cesse, le Français se trouvait possesseur de la somme immense que le prince avait gagnée d'abord, et de celle fort importante aussi qu'il avait apportée à Bade

Du reste, à part ce léger froncement de sourcils dont nous avons parlé déjà, le calme du perdant ne s'était nullement démenti à chacun des coups malheureux qui le dépouillaient; et quand ses derniers billets de banque eurent disparu sous le rateau des croupiers pour aller de là aux mains du comte de Fly, il dit à ce dernier, avec un sourire qui n'avait rien de forcé :

— Permettez-moi, Monsieur, de mettre ma voiture à votre disposition, afin d'emporter chez vous votre gain, assez considérable, sans contredit, pour vous attirer en route quelque méchante affaire.

Le comte de Fly accepta.

— Vous êtes beau joueur, Monsieur, — fit le prince quand ils furent installés dans la voiture; — et quoique vous n'ayez pas joué précisément contre moi, puisque c'est la banque qui vous payait avec mon argent, je crois que je n'en serai pas moins bienvenu à vous proposer une revanche?...

Le comte de Fly hésita : La pensée lui vint que monsieur de Falckenberg voulait jouer avec lui sur parole, et il aimait mieux ses beaux billets de banque qu'une parole d'honneur quelconque, fût-elle princière.

Nous ne savons si le Polonais devina les sentiments de son adversaire, toujours est-il qu'il ajouta presqu'aussitôt :

— Au surplus, Monsieur, comme j'ai pour habitude de ne jouer jamais qu'avec mon argent devant moi, et que j'ai perdu presque tout ce que j'avais apporté, il faudrait que vous fussiez assez bon (dans le cas où vous me donneriez la revanche que je vous demande), pour m'accompagner à mes domaines de Falckenberg : là, je ferais, au reste, de mon mieux pour vous distraire pendant quelques semaines. Si vous aimez la chasse, je vous ferai assister à de magnifiques battues, dans des forêts vieilles comme le monde; et si le vin du Rhin n'est pas sans attraits pour vous, j'en ai dans mes caves qui peut soutenir la comparaison avec le Johannisberg que le prince de Metternich envoie aux têtes couronnées.

Monsieur de Fly répondit qu'il était aux ordres de Son Excellence, et qu'il se trouvait très-heureux d'accepter son aimable invitation.

— Savez-vous jouer l'impériale? — demanda le prince.

— Oui, sans doute, — dit le Français.

— Si cela vous convient, c'est cette partie que nous choisirons.

— Va pour l'impériale, — répliqua monsieur de Fly. — Quand Votre Excellence compte-t-elle quitter Bade? — ajouta-t-il.

— Avez-vous quelque chose qui vous retienne ici?

— Rien, absolument.

— Vous ne voyez par conséquent aucun obstacle à partir le plus tôt possible?

— Aucun.

— Alors, nous nous mettrons en route demain. Vous voyagez sans doute en poste ?

— Oui.

— Vous vous ferez suivre par votre voiture, et nous ferons le trajet dans la mienne.

— Voilà qui est convenu, — répondit le comte de Fly.

— Demain, à dix heures du matin, je serai à vos ordres.

§

Les terres et le château du prince de Falckenberg étaient situés dans cette partie de la Pologne où nous avons déjà conduit nos lecteurs lors du récit de Perdita.

Quelques lieues à peine séparaient ces domaines de ceux du vieux Staroste, qui, lui-même, guéri presque miraculeusement des blessures graves reçues dans la nuit terrible que nous avons racontée, entretenait avec le prince des relations de voisinage.

Les premiers jours qui suivirent l'arrivée du comte de Fly et de son hôte furent consacrés aux plaisirs de la chasse et de la table, et il ne fut nullement question de la revanche demandée et promise.

Chaque matin le Staroste arrivait à cheval ; vingt piqueurs découplaient trois cents chiens dans les forêts du maître, et le soir on rentrait, harassé de fatigue, après une chasse à courre homérique.

Un jour cependant, le temps était sombre et pluvieux, et l'on ne pouvait penser à sortir. — Le prince parla de se mettre au jeu.

La pièce dans laquelle se trouvaient M. de Falckenberg,

le Staroste et le comte de Fly, était une vaste salle tendue de hautes tapisseries à personnages, et ornée de quelques vieux portraits en pied, grossièrement peints, mais richement blasonnés.

Un grand feu pétillait dans une cheminée immense, devant laquelle était posée une table en bois de chêne, aux pieds tournés. Sur cette table un tapis de perse étalait ses couleurs éblouissantes.

Le prince tira quelques sons aigus d'un petit sifflet d'argent, et donna l'ordre au valet qui se présenta d'apporter des cartes, six bouteilles du vin du Rhin, et trois verres.

Cela fait, le prince sortit et revint au bout d'un instant, tenant un petit coffret d'acier ciselé. Il posa ce coffret sur la table et s'assit en faisant signe au comte de Fly de prendre place en face de lui.

Le comte regardait le coffret d'un œil de convoitise. Il s'attendait à le voir rempli de billets de banque, de monnaie d'or, ou peut-être de pierres précieuses.

M. de Falckenberg décoiffa une des bouteilles, remplit les trois verres, vida le sien et ouvrit le coffret.

Il ne contenait que des parchemins.

— Vous convient-il, monsieur le comte, de jouer cent mille francs en cent points d'impériale? — demanda le prince.

— Parfaitement.

Le prince prit un parchemin dans le coffret et le posa près des cartes.

— Ceci, — dit-il, — est le titre de propriété d'un domaine qui vaut cent mille écus, et qui vous appartiendra, après trois parties, si la chance m'est défavorable.

Le comte de Fly tira cent mille francs de son porte-feuille, les mit à côté du parchemin et prit les cartes.

Le Staroste regardait faire et fumait d'un air impassible.

Si nos lecteurs ne connaissaient de longue date les usages et les habitudes du comte de Fly, nous aurions à introduire ici un récit singulièrement dramatique de la partie qui s'engagea, et pendant laquelle de fréquentes intermittences, purent par instant, faire croire au prince que la chance allait se déclarer pour lui. Mais nos lecteurs savent à quoi s'en tenir, et pour eux, l'issue de la lutte ne peut pas être un seul instant douteuse.

En effet, quand vint le soir, le coffret était vide... Après avoir perdu sa fortune, le prince de Falckenberg avait joué et perdu son titre ; et désormais rien de ce qu'il avait possédé ne lui appartenait plus.

Il se leva, fit retentir le sifflet d'argent qu'il ôta ensuite de son cou et qu'il posa sur la table, puis il ordonna de prévenir tous ses gens qu'ils eussent à se rassembler dans la grande salle du château.

Là, il leur présenta le comte de Fly comme leur maître, et les avertit que désormais ils ne devaient obéissance qu'au nouveau possesseur de la seigneurie de Falckenberg.

Ensuite il prit un manteau, dans les plis duquel il s'enveloppa ; il mit sur sa tête un chapeau de feutre gris à grands bords, et il fit quelques pas dans la direction de la porte.

Au moment de franchir le seuil, il s'arrêta et revint vers le comte de Fly, lequel assistait avec stupéfaction à tout ce qui se passait depuis que la dernière partie avait été perdue par le prince.

— Vous plairait-il, Monsieur, — lui demanda M. de Falckenberg, — vous plairait-il de rentrer un instant dans votre salon, j'ai une proposition à vous faire?

Le comte de Fly et le Staroste le suivirent.

— Monsieur, — dit le prince quand ils se trouvèrent seuls, — vous m'avez gagné tout ce que je possédais...

Le Français fit un geste affirmatif.

— Vous me l'avez gagné loyalement...

M. de Fly fit un second geste, mais cette fois moins décidé que le premier. Le prince continua :

— *De droit*, vous êtes désormais le seul prince de Falckenberg, mais il y en aura toujours un autre, *de fait* : cet autre, c'est moi. Ceci sera pour vous une chose gênante et fâcheuse, à laquelle je viens vous proposer de remédier.

— Comment cela? — demanda le Français.

— Mon existence est pour vous un obstacle, et peut-être dépend-il de vous de le briser, car je désire jouer avec vous ma vie contre cent mille écus.

Le comte de Fly ne comprenait pas, cela était écrit dans l'expression de sa figure, aussi M. de Falckenberg reprit-il aussitôt :

— Si je gagne, je partirai avec le lambeau de fortune que le hasard m'aura rendu, et j'irai si loin, si loin, que vous n'entendrez jamais parler de moi à l'avenir; si je perds, je vous donne ma parole d'honneur que dans cinq minutes, il n'y aura plus qu'un prince de Falckenberg *de fait*, comme il n'y en a plus qu'un *de droit*.

En ce moment, le comte de Fly eut un bon mouvement,

nous devons à la vérité d'en convenir, et épouvanté par l'effrayant marché que lui proposait le Polonais, il s'écria :

— Mais, Monsieur, nous n'avons pas besoin de jouer, et je suis prêt à vous rendre telle somme ou tel domaine que vous jugerez convenable de reprendre...

— J'accepte les chances du hasard, — répondit fièrement le prince, — je n'accepte point une aumône, encore moins une insulte ; tenez-vous-le pour dit !

— Mais enfin...

— Mais enfin, — interrompit M. de Falckenberg, — si vous ne consentez point à jouer avec moi la partie que je vous propose, refusez tout de suite, et je quitterai votre maison à l'instant.

Une seconde bonne pensée vint alors à M. de Fly : il se dit que, puisqu'il ne dépendait que de lui de gagner, il ne dépendait aussi que de lui de perdre, et il accepta.

Quel nom donner aux étranges caprices de la destinée ? Comment expliquer ce qui se passa alors, autrement que par la sinistre intervention de quelque génie malfaisant ? L'habileté du comte de Fly lui fit défaut en ce moment suprême où la vie d'un homme pouvait être sauvée ou perdue par son adresse : malgré tous ses efforts, la fatalité sembla prendre à tâche de déjouer chacune de ses combinaisons. Il gagna.

— Cette partie n'était pas sérieuse, — s'écria-t-il au moment où le prince jetait les cartes sur la table ; — je ne l'accepte point, et je la regarde comme nulle.

M. de Falckenberg ne répondit pas un mot ; il prit seulement une feuille de papier et écrivit ces mots d'une main ferme :

« *Je déclare instituer M. le comte de Fly unique héritier*

de ma fortune et de mes titres, au préjudice de tous mes collatéraux, sans exception. Je déclare, en outre, que je mets volontairement fin à mes jours, et je désire que personne ne cherche à pénétrer les causes de mon suicide. »

Il data et signa ce court et sinistre testament, et sortit par une porte dérobée, qu'il ferma au verrou derrière lui, avant que M. de Fly ait eu le temps de se jeter au-devant de ses pas et de l'arrêter.

Le Staroste fumait toujours, et n'avait pas perdu pendant un seul instant sa muette impassibilité.

Cinq minutes après, la détonation d'une arme à feu annonçait que le prince de Falckenberg avait cessé de vivre.

§

Le comte de Fly, mis en possession de l'immense fortune qu'il avait si *loyalement* gagnée, s'accoutuma bien vite à mener une existence princière, en compagnie du Staroste, avec lequel il se lia fort intimement.

Ces deux hommes également vicieux s'appréciaient au plus haut point, et sympathisaient l'un avec l'autre pour ce qui était mal.

On se souvient que Perdita les avait aperçus ensemble aux eaux de Bade, deux ans auparavant.

Ensemble encore nous les avons retrouvés dans les salons de lady Wigmorland, où le nouveau prince de Falckenberg fut singulièrement frappé de la beauté d'Esther de Choisy, frappé à tel point, que le soir même il trouva moyen de se faire présenter à M. de Choisy, qui l'accueillit à merveille et qui, entrevoyant déjà la possibilité de greffer sur son arbre généalogique un écusson quasi-royal, reçut très-froidement, comme nous le savons, les ouvertures de la chanoinesse, désirées cependant la veille encore avec tant d'ardeur.

La position à Paris de M. de Falckenberg (nous lui donnerons ce nom à l'avenir) nous paraissant maintenant suffisamment établie, nous allons reprendre, pour ne plus le quitter, le fil de notre récit.

IV

Perdita et l'Amour.

Le jour de son arrivée à Paris, la chanoinesse encore
souffrante, et d'ailleurs très-fatiguée du voyage, se retira
de bonne heure dans la chambre que son neveu lui avait
fait préparer, et M. d'Entragues, bouleversé par ce qu'il
avait appris de la comtesse de Boisjol, relativement à la
froideur de M. de Choisy, froideur qui remettait en question le succès de tous ses projets, quitta sa maison vers
les neuf heures du soir, et entreprit sur les boulevards une
promenade sans but, marchant au hasard, coudoyé par
les passants, et essayant vainement de mettre un peu
d'ordre et de calme dans les pensées tumultueuses qui
faisaient bouillonner son cerveau.

Georges, nous le savons, comme la plupart des hommes
d'action et d'énergie, détestait avant tout l'incertitude.
Aussi, quand la lumière commença à reparaître au milieu
du chaos de son esprit, sa première inspiration fut d'aller
tout droit chez M. de Choisy, et de lui demander une ex-

plication franche et décisive qui ne lui permettrait point d'abriter un refus, derrière ces réticences et ces mots sans suite, sans portée et sans signification, qu'il aimait tant à employer.

Le comte d'Entragues monta dans le premier cabriolet qu'il rencontra, et se fit conduire rue Saint-Dominique à l'*Hôtel des Ambassadeurs*. Là il apprit du concierge que M. de Choisy était sorti immédiatement après son dîner, avec sa femme et sa fille, dans la voiture du prince de Falckenberg, et qu'on ignorait complétement l'endroit où ils étaient allés.

— Toujours le prince de Falckenberg ! — se dit Georges... — qu'est-ce donc que cet étranger maudit, et pourquoi se trouve-t-il ainsi sur mon chemin ?

Tout en se posant cette question insoluble, le jeune homme remonta dans le cabriolet, et, songeant que depuis plusieurs jours il ne s'était point occupé de ce qui se passait à la maison de Vincennes, il donna l'ordre au cocher de gagner la barrière Saint-Antoine.

Arrivé à quelques centaines de pas du pavillon de chasse, Georges descendit de voiture, et continua son chemin pédestrement.

Il était alors dix heures et demie passées, la nuit était sombre, pas une étoile ne brillait au ciel, pas une lumière sur la terre, à l'exception pourtant d'un point lumineux qui se détachait à l'une des meurtrières du donjon de Vincennes.

Georges s'engagea dans le petit sentier bordé d'une double haie d'épines, et quand dans l'obscurité il rencontra sous la main les barreaux de la porte à claires-voies, il se mit à siffler les premières mesures de la ronde de *Paris la nuit.*

Il se tut et attendit un instant.

Le silence continuait autour de lui, et nul mouvement ne se faisait ou du moins ne semblait se faire dans l'intérieur de la maison.

Georges poussa brusquement la porte. Elle s'ouvrit.

— Quelle négligence! — se dit le jeune homme en pénétrant dans la cour, — payez donc bien cher des misérables comme ceux-là, pour qu'ils ne se donnent pas même la peine d'exécuter vos ordres! On entre ici comme dans une grange!

Ce court monologue avait conduit M. d'Entragues jusqu'au seuil de la première pièce.

Il s'arrêta de nouveau, frappa trois coups contre le bois de la porte, et prononça d'une voix basse quoique très-distincte la phrase convenue avec Rosolio :

« *Galuchet pour toujours !* »

Personne ne répondit, et Georges sentit avec une profonde surprise et un certain trouble d'esprit, que cette seconde porte cédait sous sa pression comme avait déjà cédé celle de la cour.

Il entra.

La salle dans laquelle il se trouvait était obscure et semblait déserte, car on n'entendait aucun bruit, si faible qu'il fût.

Georges s'approcha à tâtons de l'endroit où il savait être le foyer, et il remua les cendres avec la pointe de sa botte : les cendres étaient froides, et le feu, depuis longtemps déjà sans doute, avait cessé de brûler.

Heureusement M. d'Entragues, fumeur déterminé, avait

toujours sur lui un petit briquet en acier, à l'aide duquel il se procura de la lumière.

L'allumette enflammée lui permit de voir sur la cheminée un reste de bougie, il le saisit avidement, et le tenant d'une main tremblante d'émotion, il gagna l'escalier qui conduisait à la chambre de Perdita.

Cette pièce déserte comme celle du bas, était de plus démeublée, c'est-à-dire qu'on avait emporté soigneusement tous les objets facilement transportables, tels que la glace, la pendule, les rideaux, l'argenterie, et jusqu'aux draps du lit.

La fenêtre du reste était toujours solidement clouée et cadenassée, et il était évident que l'évasion de Perdita n'avait point nécessité l'emploi d'effraction ni de moyens violents d'aucune sorte...

Nous ne saurions dire laquelle de la stupeur ou de la colère produisit dans l'âme de Georges une sensation dominante, mais ce que nous prenons sur nous d'affirmer, c'est que si dans ce moment Rosolio se fût rencontré sous sa main, l'Italien aurait passé un quart d'heure assez parfaitement désagréable, pour s'en rappeler pendant tout le reste de sa vie.

Mais bientôt ces vaines fureurs qui ne réparaient rien, et ne pouvaient mener à rien, firent place à une préoccupation terrible : Où était Perdita? Comment Perdita avait-elle pu séduire ou tromper ses gardiens? Savait-elle, soupçonnait-elle seulement les causes et l'auteur de sa captivité? Et comment enfin parvenir à voir clair dans cet étrange et ténébreux mystère.

Georges courut rejoindre le cabriolet qui l'attendait,

regagna Paris, et, arrivé à la rue d'Amboise, demanda Rosolio.

— Depuis dix jours, — lui fut-il répondu, — Rosolio n'avait point paru dans la maison, et l'avant-veille mademoiselle Gobelotte, sa maîtresse, avait déménagé sans laisser sa nouvelle adresse.

Le déménagement de mademoiselle Gobelotte était un indice, en ce qu'il prouvait que Perdita était libre depuis deux jours seulement, un changement de domicile ayant probablement pour but de rendre Rosolio introuvable.

Georges, en quittant la rue d'Amboise, s'en fut chez le comte Abel, qu'il eut la chance de rencontrer. Mais ce dernier ignorait tout ce qui s'était passé, et, depuis la nuit du bal de l'Opéra, n'avait point entendu parler de Rosolio.

Georges se résigna donc, quoique bien malgré lui, à attendre qu'un hasard quelconque, le dirigeant dans ce dédale, vint lui mettre dans la main l'extrémité du fil conducteur.

Quant à nous, nous pouvons dès à présent expliquer à nos lecteurs la disparition de Perdita, disparition sans aucun doute aussi incompréhensible pour eux que pour le hardi dictateur des *Chevaliers du Lansquenet*.

§

La première pensée de Perdita, lorsque quelques heures de sommeil eurent un peu réparé ses forces et calmé l'agitation fébrile de son âme et de son corps, fut de se demander quelles pouvaient être les causes secrètes de ce qui lui arrivait?

Elle ne se connaissait point d'ennemis. Personne au monde (du moins elle le supposait), ne pouvait avoir un intérêt quelconque à la garder prisonnière, après l'avoir attirée dans un piége, et les paroles triviales que Rosolio lui avait dites la veille : *Vous êtes chez un particulier qui a besoin que vous restiez à l'ombre pendant quelque temps,* avaient glissé sur son esprit sans y produire une bien vive impression.

La supposition qui lui parut après tout la plus vraisemblable, fut qu'elle était tombée aux mains de quelque vieillard devenu amoureux de sa beauté, et qui, voulant la posséder à tout prix, n'avait point reculé devant un enlèvement, et sans doute ne reculerait pas davantage devant des violences ou des piéges nouveaux pour en arriver à satisfaire sa passion.

Cette idée devint pour la jeune femme un véritable cauchemar ; elle crut voir à chaque coin de la chambre des trappes et des portes secrètes ; elle se figura que les aliments que lui servait Rosolio et les boissons qu'il mettait sur sa table étaient bourrés de drogues narcotiques et de substances aphrodisiaques ; alors elle se mit à ne manger que du pain, à ne boire que quelques gouttes d'eau ; le soir elle se jetait tout habillée sur son lit, dormait d'un sommeil interrompu, peuplé de visions hideuses, et se réveillait avec un frisson d'effroi au moindre craquement d'un meuble, enfin elle ne quittait pas un instant le couteau dont elle s'était emparé, et qu'elle portait sans cesse entre sa robe et son corset.

Sans aucun doute, si cet état de perpétuelles angoisses avait dû se prolonger quelque peu, la malheureuse Perdita n'aurait point résisté à l'exaspération du système nerveux

causée par des souffrances et des hallucinations conti-
nuelles, et l'on aurait vu se renouveler ce fait incroyable
et digne de la barbarie du moyen âge, d'une jeune femme
mourant dans un cachot, en l'an 1843, et à quelques centaines de pas, à peine, de l'une des portes de Paris.

Heureusement le sort en avait décidé autrement, et voici
les faits bizarres qui devaient amener la délivrance de
Perdita.

On se souvient sans doute que Georges d'Entragues,
dans la nuit même de l'enlèvement, avait annoncé à Rosolio, que, le lendemain à dix heures du soir, l'*Amour*
viendrait assister lui et son acolyte l'Enrhumé dans leur
métier de surveillants, ou pour mieux dire de geôliers.

Or, le soir vint, et l'Amour n'arriva pas.

Le lendemain passa, puis la semaine tout entière sans
qu'on entendît parler à la petite maison de cet estimable
personnage.

Rosolio maugréait bien de temps en temps de cette absence prolongée, mais il finit par en prendre son parti en
réfléchissant que si, à la vérité, il était assujetti à une
surveillance plus continue, les profits ne pourraient manquer d'être plus considérables, et que d'ailleurs il trouvait
un avantage d'un peu plus de trente-trois pour cent à ne
partager qu'avec un seul convive, l'excellent vin de Bordeaux, le rhum, le kirsch et l'eau-de-vie dont le buffet de
la salle basse était abondamment pourvu.

Le neuvième jour, sur les dix heures du soir, au moment où Rosolio allait s'endormir au coin du feu, après
avoir préalablement visité les verroux extérieurs de la
porte de Perdita, et posé l'Enrhumé en sentinelle sur les

dernières marches de l'escalier, un violent coup de sifflet lui fit prêter l'oreille.

Il entr'ouvrit la porte et il entendit une voix qui chantonnait dans le petit chemin :

> Galuchet pour toujours,
> Voilà mes seuls amours,
> Mes seuls amours,
> Toujours.
> La nuit comme le jour.

Rosolio crut d'abord que c'était M. d'Entragues, et il alla ouvrir, quoique assez surpris de cette manière de se présenter.

Il s'était si bien accoutumé à l'idée que l'Amour avait complétement déserté leur entreprise, que sa surprise fut extrême en le reconnaissant.

— Comment, c'est toi ! — s'écria-t-il en refermant la porte de la cour après avoir introduit l'arrivant.

— Eh oui ! c'est moi, en personne, mais *bigrement gelé*.

— Je croyais que tu ne viendrais jamais ?

— Je le croyais pardieu bien aussi !

— Que s'est-il donc passé?

— Rentrons d'abord, et chauffons-nous un peu si c'est possible, je te ferai ensuite le narré de la chose.

Rosolio et l'Amour gagnèrent la salle du rez-de-chaussée; un paquet de fascines fut jeté dans le foyer, dont il ranima les feux mourants, et une bouteille fut placée sur le manteau de la cheminée par les soins de l'Italien, qui n'était point assez égoïste pour méconnaître les devoirs sacrés de l'hospitalité, en ne trinquant pas à la bienvenue un peu tardive de l'Amour.

— Parfait ! — dit ce dernier après avoir avalé coup

sur coup trois ou quatre petits verres. — Parfait! c'est un velours! ça vous double les cavités de l'œsophage d'une façon voluptueuse en diable! chic n° 1, c'est tout dire!

— Ton histoire? ton histoire? demanda Rosolio.

L'Amour fit claquer une dernière fois ses lèvres, croisa ses jambes à la façon de Frédérick-Lemaître dans le quatrième acte de *Don César de Bazan*, jeta loin de lui son feutre gras qui s'en fut rouler au fond de la chambre, ébouriffa coquettement ce qui lui restait de cheveux, et dit:

— Voici l'anecdote, ça n'est pas long, mais c'est soigné! Tu te rappelles le jour, ou plutôt la nuit où nous avons exécuté le tour de passe-passe, qui consistait à escamoter une femme ni plus ni moins qu'une muscade?...

— Si je *m'en* rappelle? — fit Rosolio, — cette bêtise!

— Je te prie de me laisser, pour le quart d'heure, continuer le monologue. Je montai donc sur le siége avec le bourgeois, pour reconduire *le sapin* à domicile.

— Et tu devais revenir ici le lendemain soir.

— A dix heures précises, je le sais bien; mais attends un peu. Le bourgeois jugea à propos, en me lâchant au coin de la rue Saint-Lazare, de me donner un napoléon; je trouvai ce procédé mesquin, car enfin. pendant qu'il y était, il pouvait tout aussi bien tirer deux jaunets de sa poche; pourtant j'acceptai. Je casernai l'équipage chez le loueur où on m'avait dit de le laisser, et j'allai me coucher.

— Tu vas peut-être me dire que tu as dormi tout ce temps-là, — interrompit Rosolio.

— Ça se pourrait : on a vu des loirs et des taupes qui ont dormi pendant trois cent soixante-cinq ans tout d'un somme, à ce que m'a dit un individu qui avait connu un savant qui avait observé la chose ; mais je dois à la vérité de déclarer que je ne me suis pas trouvé dans cette position-là. Je me réveillai sur les six heures du soir, et, ne sachant que devenir jusqu'à dix heures, heure où je comptais arriver ici, je m'en allai manger des tripes à la mode de Caen, chez la mère La Hure, où on les accommode pas mal. Je me mis mes trois litres à quinze sur la conscience, et l'idée me vint de faire un ou deux tours de lansquenet, histoire de passer le temps et de récolter *quéques monacos*. J'avais la chance, et je gagnai du premier coup quarante *balles*.

— Farceur, tu avais *maquillé les brémes* (1)!...

— Ma foi non !

— Allons donc !

— Parole d'honneur sacrée, c'était l'*hasard*, pur hasard !

— Enfin, si tu y tiens, je te crois.

— Et que t'as bien raison. Si je l'avais fait, pourquoi donc que je m'en cacherais avec les amis? y a pas de mal !

— Continue.

— Bref, étant à la tête de pas trop mal de *roues de derrière*, je voulus me payer la gaudriole, et je passai dans la salle du bastringue.

— Et tu jetas le mouchoir à une odalisque, sultan manqué que tu es !

— *On en a vu*, des sultans, et peut-être bien aussi des pachas à trente-six queues, qui ne me valaient pas...

— C'est toi qui le dis.

— Rosolio, ne m'asticote pas, et si tu veux savoir la fin, laisse-moi finir.

(1) *Maquiller les brêmes* : — Préparer les cartes.

— Ça va, j'écoute.

— Donc, il y avait la Filoselle, tu sais, la petite brune qui a un œil de verre et un filet de voix, et que je voulais faire débuter dans les temps au Panthéon comme choriste, par l'intermédiaire d'une connaissance à moi qui connaissait la connaissance d'un machinistes. Je l'invite donc avec politesse, comme ça se doit à l'égard du beau sexe, à prendre un verre de vin avec moi, avant que la polka ne commence ; elle me répond qu'elle ne peut pas. Je lui demande pourquoi, elle me réplique que le grand Malicard l'a *reteinte* (elle a dit le mot) ; tu sais, Malicard, qui a fait faillite après avoir entrepris les contre-marques au Petit-Lazary. Moi, galant et troubadour comme un guerrier français que j'aurais pu être, je *vas de l'avant*, j'empoigne Filoselle et je veux la faire polker *d'autor* ; Malicard arrive, m'appelle canaille et *propre-à-rien* ; je lui réponds, la querelle s'engage, on nous entoure, on nous pousse, on nous anime, je lui jette une table à la tête, il me tombe dessus, et comme il est plus fort que moi, je reçois une des plus vénérables tripotées dont j'aie jamais entendu parler.

— Tu as été rossé, mon pauvre vieux !

— Ah ! fichtre ! *rossé*, je trouve l'expression un peu modeste, dis donc *moulu*, assassiné !...

— Et enfin ?...

— Enfin, la mère La Hure est arrivée, m'a fait retirer de dessous, à ce qu'il paraît, car j'étais sans connaissance, et le gueusard tapait toujours. On a cru que j'étais tué, et la mère La Hure, pour éviter une esclandre, m'a fait transvaser dans un cabinet particulier, où on m'a mis au lit et bassiné tout le corps avec de l'eau-de-vie (fameux remède, qui réussit aussi avec les chevaux fourbus).

— Et tu n'étais pas mort!

— Ma foi non, jé n'avais même aucun membre *frac-tionné*; mais, quand je revins à moi, je me trouvai tout démoralisé de la râclée que j'avais reçue, et avec pas plus de force qu'une mouche pour mettre les pattes l'une devant l'autre. La mère La Hure, qui m'avait vu plein ma poche de *tunnes de cinq balles* (1), ne demandait pas mieux que de me garder et de me soigner. J'ai donc passé là mon temps très-gentiment à me dorloter et à me goberger jusqu'à aujourd'hui où, voyant mes forces complétement revenues, et mes *monarques* tout à fait disparus, j'ai pris le parti de venir retrouver les amis, et me voillà! Voilà.

— C'est palpitant! — fit Rosolio.

— N'est-ce pas?

— Mais je te trouve un peu changé.

— Ça s'explique par les *torgnioles* et le bouillon de veau.

— Enfin, puisque tu es ici, c'est bien, et je propose une tournée en ton honneur!

— Accepté à l'unanimité.

Les trois verres furent aussitôt remplis, puis choqués les uns contre les autres en signe de bonne amitié.

— A la santé de l'Amour! — dit Rosolio en vidant le sien.

Et l'Enrhumé répéta ce toast en murmurant lui aussi de sa voix disparue:

— A la santé de l'Amour!

(1) *Tunnes de cinq balles*: — Pièces de cinq francs.

V

Perdita et l'Amour *(suite)*.

— Voilà qui est fort bien, — dit l'Amour, après avoir répondu par des libations nouvelles à la politesse de Rosolio et de l'Enrhumé ; — vous savez maintenant les causes de mon éclipse totale, et je ne serais pas fâché d'apprendre à mon tour ce qui s'est passé ici depuis moi ?

— Rien du tout, — répondit Rosolio.

— Comment, rien ?

— Ma foi non.

— La donzelle est toujours en haut cependant.

— Oh ! pour ça, plus que jamais.

— A-t-elle fait beaucoup de tapage dans les premiers temps ?

— Pas plus qu'un mouton non sevré.

— Alors ça ne lui fait pas trop de chagrin d'être ici ?

— A part qu'elle ne veut manger que du pain, boire que de l'eau, et qu'elle maigrit que c'est une bénédiction, elle doit se trouver comme un coq en pâte.

— Et pourquoi ne mange-t-elle pas?

— Je crois, — répondit Rosolio avec indifférence en bourrant sa pipe, — je crois qu'elle se figure qu'on veut l'empoisonner.

— Pauvre petite femme! — dit l'Amour avec une sorte de compassion; et tu ne la rassures pas?

— Pourquoi faire?

— On dirait que tu lui en veux. Est-ce qu'elle t'a fait quelque chose?

— Justement.

— Et quoi donc?

— Te figures-tu, une fichue bégueule, à qui je propose mon cœur...

— Qu'elle a eu le mauvais goût de refuser?

— En me flanquant très-gentiment à la porte, comme un je ne sais quoi!

— Ah! ah! — fit l'Amour, en riant de la mésaventure amoureuse de l'Italien.

— Ça n'est pas drôle! — répondit celui-ci, — et je te jure, foi de Rosolio, qu'elle s'en repentira un de ces jours

— Comment?

— J'ai mon plan.

— Ah! tu as un plan?

— Oui.

— Lequel?

— Ça se fait dans tous les romans et dans les *pièces de comédie*, où ça réussit toujours parfaitement.

— Enfin.

— La mijaurée ne boit que de l'eau, mais encore faut-il bien qu'elle en boive. J'ai fait acheter l'autre jour par l'Enrhumé, chez un apothicaire de Vincennes qui n'y a vu que du feu, une poudre qui endort ; je lui en flanquerai, pas plus tard que demain, une si bonne dose dans sa carafe, que n'avalât-elle qu'une gorgée, son affaire est claire ; et, ma foi, alors...

— Alors ?

— Dame ! quand on dort et que le sommeil est solide, il n'y a pas moyen de faire la prude.

— Bravo ! bien joué. Où est-elle donc cette poudre ?

— Sur la cheminée, dans cette boîte bleue.

— Nous rirons bien de sa mine en se réveillant !

— Oui, c'est ça qui sera drôle !

— Ah ! çà, il paraît qu'elle est jolie ?

— Comme l'amour.

— Merci !

— Sans calembour !

— N'y a pas d'offense. — Et le bourgeois vient-il la voir ?

— Ah ! bien oui !

— Jamais ?

— Il n'y a point de danger qu'il lui montre seulement le bout de son nez ; il a un peu trop peur qu'elle le reconnaisse.

— Ça lui procurerait donc du désagrément, à lui ?

— Il faut croire.

— Vous l'avez revu, cependant ?

— Rien qu'une fois, le jour où nous t'attendions ; il est arrivé à neuf heures trois quarts, et parti à dix heures moins cinq minutes.

— Et depuis ?

— Depuis, nous n'avons pas plus entendu parler de lui que du *chien vert*.

— Tiens ! tiens !

— Puisque je te dis qu'on ferait avec tout ça une pièce soignée pour les *Funenambules*.

— Et moi, quand est-ce que je pourrai la voir, cette jeune personne?

— Tu es curieux de faire sa connaissance ?

— Mais-z-oui.

— Est-ce que tu voudrais aussi pousser ta pointe, par hasard ?

— On ne sait pas !

— Scélérat de l'Amour! — dit Rosolio en riant. — Parole d'honneur! tu abuses de ton physique!

— Il en abuse! — grommela l'Enrhumé, qui commençait à avoir envie qu'on le laissât dormir.

— Enfin, — reprit Rosolio, — tu y monteras demain matin, et tu auras tout le temps de lui *faire l'œil* en lui portant son déjeuner. Maintenant, dis-moi, as-tu sommeil et veux-tu dormir ?

— J'avoue que ça m'arrangerait assez. Où couche-t-on ici ?

— Tu vas voir, — répondit Rosolio en tirant d'un placard trois matelats qu'il étendit par terre. — Nous coucherons ensemble, — reprit-il.

— Non, non, — répliqua vivement l'Amour; — je ne puis dormir que quand je suis seul.

— A ton aise, — fit l'Italien en dédoublant les matelas; — le lit sera plus dur, voilà tout.

L'Enrhumé se posta au pied de l'escalier, et reprit sa faction, interrompue par l'arrivée du troisième personnage.

Rosolio se coucha au fond de la chambre.

L'Amour, en sa qualité de convalescent, s'empara du matelas le plus voisin du foyer.

Tous deux, au bout de quelques minutes, dormaient d'un sommeil entrecoupé de ronflements sonores, et qui pour n'être pas celui de l'innocence, n'en était pas moins profond.

§

Le lendemain matin vers les dix heures, Rosolio mit sur un plateau une serviette, un petit pain, la moitié d'un jambon et une carafe d'eau, avec la prestesse et l'agilité d'un garçon de restaurant, puis il dit à l'Amour, qui le regardait faire :

— Voilà les vivres de l'objet ; est-ce toi qui monte ?

— Oui, répondit l'Amour : mais explique-moi une chose...

Ça peut se faire...

— Tu dis que la donzelle ne se nourrit que de pain, et tu la combles de charcuterie, à quoi bon ?

— Elle n'y touchera pas, ceci la regarde ; mais tu comprends, je ne veux pas qu'elle puisse dire un jour au bourgeois qu'on a manqué aux égards... Il a dans l'idée qu'on la nourrisse bien, cet homme ; on la nourrit à bouche que veux-tu : c'est sa faute si elle boude *la pitance.*

— Compris ! — répondit l'Amour ; puis il ajouta, en désignant la carafe posée sur le plateau : — Est-ce que c'est ce matin que ça se joue, l'infusion en question de poudre de *Perlinpinpin ?*

— Eh non ! bêta ! Je réserve la comédie pour ce soir, et mon projet, puisque tu es là pour me remplacer, est d'aller tantôt respirer légèrement le grand air, et vider quelques fioles dans un *bouchon* que je connais à la barrière Saint-Antoine.

— A ton aise, je garderai la boutique avec l'Enrhumé. Maintenant je monte.

— Un instant, il s'agit d'abord de déguiser tant soit peu tes avantages extérieurs...

— Pourquoi faire?

— Pour que la demoiselle ne te reconnaisse pas, dans le cas où elle aurait eu la chance de te rencontrer autrefois dans le grand monde.

— Au fait, c'est une idée...

— Prends ceci.

Et Rosolio affubla l'Amour du carrick noisette, de la perruque et de la barbe blonde, qui lui servaient à lui-même quand il allait chez Perdita.

— Bigre! — s'écria le président de la société des Rossignols en se regardant dans un fragment de miroir qui se trouvait là. — Bigre, que je suis laid comme ça!

— Je ne trouve pas! — répondit Rosolio en riant, — au contraire, ça change ta *boule* et ça t'embellit.

L'Amour haussa les épaules à ce raisonnement qui lui parut singulièrement paradoxal, mais il ne se donna point la peine d'y répondre autrement que par un dédaigneux silence; il prit le plateau que Rosolio lui présentait, et grimpa les marches de l'escalier qui conduisait chez la prisonnière.

§

Perdita, selon son habitude, avait quitté depuis longtemps le lit sur lequel elle se jetait tout habillée, elle avait allumé les bougies et sommeillait dans un fauteuil au coin du foyer éteint.

Nous disons qu'elle avait allumé les bougies, car les plaques de tôle, remplaçant les carreaux de la fenêtre, interceptaient les rayons du jour, et la pauvre captive, privée même des clartés du soleil, était forcée de se créer une lumière factice.

L'insuffisance de la nourriture qu'elle prenait, et surtout l'absence presque complète de sommeil, du moins de sommeil calme et réparateur, avait amené Perdita à un état de faiblesse extrême.

Sa pâleur habituelle était devenue livide, et ses grands yeux noirs, entourés d'une auréole bistrée, perdaient de plus en plus leur brillante étincelle, noyés chaque jour dans des larmes muettes et amères.

Au moment où la porte s'ouvrit elle tressaillit de tout son corps, comme tressaillerait un cadavre touché par le fluide galvanique, et elle attacha, sur le nouveau venu, ses yeux pleins d'inquiétude et de terreur.

Dans le premier moment la ressemblance de costume lui fit croire à la présence de Rosolio, mais au bout d'une seconde elle s'aperçut de son erreur et se prit à trembler plus fort, car, dans sa déplorable position, toute chose inaccoutumée devait lui causer des angoisses et des appréhensions croissantes.

Quant à l'Amour il est tout simple qu'il ne reconnut point Perdita tout de suite; il ne l'avait jamais vue qu'en costume de chanteuse des rues, et d'ailleurs elle était assez changée pour que ses traits amaigris produisissent une impression toute différente de celle qu'ils faisaient habituellement.

L'Amour commença par déposer sur la petite table le plateau qu'il portait, puis il s'approcha de Perdita et lui dit :

— Si nous ne nous connaissons pas encore, mes amours, ça tient à ce que nous ne nous sommes jamais vus ; mais, soyez tranquille, nous ferons connaissance.... et fort intimement, je m'en flatte ! — ajouta-t-il d'un air conquérant.

La voix de l'Amour, quoique déguisée en partie par les moustaches postiches qui gênaient l'émission des sons, frappa la jeune femme, qui se dit aussitôt qu'elle avait entendu souvent cette voix, que c'était une voix amie, et qui chercha à rassembler ses souvenirs fugitifs. Elle leva donc vivement la tête et fixa sur l'Amour un regard étonné et interrogateur en disant avec émotion :

— Qui êtes-vous, Monsieur, qui êtes-vous ? il me semble que je vous connais....

La sensation que Perdita venait d'éprouver réagit immédiatement sur l'Amour, qui s'écria :

— Sac à papier ! cet organe m'est familier ! mais où l'ai-je ouï ?

Puis, sans fouiller plus longtemps dans sa mémoire, il saisit une bougie sur la cheminée, l'approcha du visage de Perdita, en se servant de sa main ouverte comme de réflecteur, pour concentrer toute la clarté sur la jeune femme dont il étudia les traits pendant un instant.

Perdita faisait de son côté le même examen, mais sans résultat, à cause du déguisement de l'Amour.

— Ah ! fichtre ! — s'écria tout à coup ce dernier en replaçant brusquement la bougie sur la cheminée ; — c'est-y possible ! c'est-y possible !

— Quoi donc ? — demanda Perdita, qui devina quelque chose d'heureux dans l'expression de joie qui se peignit sur la figure de l'Amour.

— C'est vous ! vous ici ! vous la Fauvette ! la pauvre petite Fauvette en cage !

Perdita se souvenait bien que ce nom de *la Fauvette* lui avait été donné jadis. Mais où, et quand ? voilà ce qui échappait à son esprit troublé.

— N'empêche ! — reprit l'Amour, — on peut dire, et sans *blagues*, que je suis un peu content de vous trouver ici, et que je suis arrivé à temps, ni trop tôt ni trop tard !

— Mais enfin, Monsieur, qui êtes-vous ? qui êtes-vous donc ? — s'écria Perdita de plus en plus surprise, de plus en plus émue.

L'Amour allait répondre ; mais un léger bruit qu'il crut entendre dans l'escalier lui fit supposer qu'on écoutait à la porte. Il se pencha vers la jeune femme et lui dit à l'oreille d'un ton bas et étouffé :

— Je suis un ami. Tenez-vous tranquille, buvez, mangez, n'ayez plus peur ! Je veille sur vous et je vous verrai tantôt.

Puis, laissant Perdita stupéfaite, il sortit précipitamment, assujettit les verrous en dehors, et rejoignit Rosolio et l'Enrhumé qui l'attendaient pour déjeuner.

VI

L'évasion.

— Eh bien ! — fit Rosolio d'un air moqueur, au moment où l'Amour posait le pied sur la dernière marche de l'escalier, — j'espère que tu y as mis le temps, et que tu as dû récolter pas mal d'agrément ?

— Ne m'en parle pas ! — répliqua l'Amour en jouant la mauvaise humeur et en se débarrassant de sa barbe postiche... — une pécore qui *fait sa tête*, et qui est maigre comme une mauviette ! Moi, d'abord, je ne m'en cache pas, j'aime les femmes dodues. Si j'étais monarque, j'ordonnerais sous peine d'amende l'usage exclusif du rachaout des Arabes pour les jeunes personnes : quand on en mange une demi-livre le matin, ça vous fait dans la journée trois livres de graisse !

— Farceur !

— Qu'est-ce que tu veux, j'aime pas les os !

— Comme ça elle t'a mal reçu ?

— A l'instar d'un caniche dans un jeu de boules.

— Qu'est-ce qu'elle t'a dit?

Que j'étais un animal, et qu'elle me priait de *ficher le camp !*

— C'était court, mais c'était complet!

— Je lui ai répondu qu'elle était une chipie; elle a pris ses grands airs, et j'ai *tiré ma crampe**.

— Laisse faire, ce soir nous rirons.

— Avec la poudre de *Perlinpinpin*, hein?

— Juste.

— Le fait est que ça sera un peu drôle!

— Est-ce que j'en suis? — murmura l'Enrhumé.

— Toi, mon bonhomme! — répondit Rosolio, qui considérait son acolyte comme un personnage tout à fait subalterne, — *beaucoup de navets !*

L'Enrhumé ne se gêna point pour exprimer son mécontentement par toutes sortes de grognements inarticulés; et le déjeuner commencé s'acheva sans autres incidents dignes d'être rapportés ici.

— Maintenant, — fit Rosolio en essuyant sa bouche et en bourrant sa pipe, — attention au commandement!

— Qu'y a-t-il? — demanda l'Amour.

— Il y a que je m'en vas me donner de l'air, comme je te l'ai dit ce matin.

— Eh bien! c'est bon, file!

— Minute! fais bien attention que voici notre ordre de bataille : je suis le général, tu es le lieutenant, et l'Enrhumé le simple *pioupiou*.

— Pourquoi donc que tu es plus que moi, toi? interrompit l'Amour.

(1) *Tirer sa crampe*, s'en aller.

— Oui, pourquoi donc qu'il est plus que nous, lui ? — aboya l'Enrhumé.

— Parce que le bourgeois m'a donné la direction de la machine ; parce que toi, l'Amour, tu as déserté ton poste pendant huit jours, et parce que toi, l'Enrhumé notre ami, tu es un imbécile ! Mais il ne s'agit pas de tout ça, et quand le général s'en va, c'est le lieutenant qui prend le commandement. Tu veilleras donc à ce que la donzelle n'essaie pas de nous *faire voir le tour ;* tu feras attention à ce que personne ne vienne rôder de trop près autour de la *cassine,* et enfin tu n'ouvriras qu'à moi.

— Convenu.

— Je rentrerai à six heures. Tu sais où est l'eau-de-vie, tu griseras l'Enrhumé si ça t'amuse.

L'Enrhumé sourit à cette inspiration, et se dit qu'il aurait bien du malheur si une chose si amusante n'amusait pas l'Amour.

Rosolio ayant fait toutes ses recommandations, lissa ses cheveux noirs, défrippa les plis de sa jacquette de velours, assujettit le faux diamant de sa cravate de soie rouge, posa coquettement son chapeau sur l'oreille droite, mit des gants beurre frais un peu sales, prit sa canne, et très-satisfait de sa toilette et de sa personne, s'avança vers la porte, mais au moment de sortir il revint sur ses pas et dit à l'Amour.

— A propos, j'oubliais la chose la plus importante, tu vas prendre la poudre en question et la faire fondre tout de suite dans une carafe d'eau, afin que ce soir ça soit tout prêt et bon à boire.

— En faut-il mettre beaucoup ?

— Ma foi je ne sais pas la dose, mets-en à ton idée, plus il y en aura, mieux elle dormira.

— Je mettrai tout.

— Ça me va, au moins comme ça nous sommes bien sûrs qu'elle n'entendra pas tirer le canon des Invalides !

Et Rosolio sortit définitivement cette fois, riant aux éclats de la dernière plaisanterie qu'il venait de commettre, et qu'il trouvait prodigieusement spirituelle.

— Apporte une bouteille d'*eau d'aff,* — dit l'Amour à l'Enrhumé, sitôt qu'il se trouva seul avec ce dernier.

L'Enrhumé ne se fit pas tirer l'oreille pour obéir, et tandis qu'il se penchait pour prendre dans l'armoire la liqueur demandée, l'Amour saisit sur la cheminée un paquet de tabac et le mit dans sa poche.

— Allons, mon vieux, — continua l'Amour, — remplis nos deux verres et trinquons.

On trinqua, puis quand on eut trinqué, l'Amour prit sa pipe, et l'Enrhumé en fit autant.

— Où est le tabac ? — demanda le premier de ces deux personnages.

— Sur la cheminée, — répondit le second.

— Je ne le trouve pas, — dit l'Amour après avoir fait semblant de chercher.

L'Enrhumé fureta dans tous les coins de la chambre, ce fut en vain, nos lecteurs en savent la raison.

— Pas de tabac ! — s'écria l'Amour. — Sacrebleu, que c'est vexant !

— Oh ! oui, — fit l'Enrhumé.

— C'est cet animal de Rosolio qui l'aura emporté dans sa poche !

— Oh ! oui, — répéta l'Enrhumé.

— Il nous en faut pourtant, du tabac ! Nous ne pouvons pas passer la journée sans fumer !

— Oh ! non !

— Tu vas aller en acheter.

— Où ça ?

— A Vincennes, pardieu !

— Et qu'est-ce que dira Rosolio ?

— Il ne le saura pas.

— Bien sûr ?

— D'ailleurs je prends tout sur moi. Voici un franc cinquante, mets deux sous de ta poche, et rapporte un paquet, va vite, et reviens de même.

L'Enrhumé prit l'argent, sortit de la maison, et se dirigea à toutes jambes du côté de Vincennes.

L'Amour s'assura qu'il était loin déjà et ne reviendrait point sur ses pas, puis il rentra fermer la porte à double tour, courut à l'armoire, y prit une bouteille de vin de Bordeaux, la déboucha avec une précaution infinie, jeta la valeur d'un demi-verre de vin à peu près, et remplaça le liquide par l'introduction de toute la poudre narcotique que Rosolio destinait à Perdita. Cela fait, il entailla légèrement le bouchon afin de pouvoir reconnaître la bouteille qu'il agita fortement à plusieurs reprises, et qu'il remit à sa place.

Il alla chercher ensuite une carafe remplie d'eau, il y laissa tomber deux pincées de sel, et la posa sur la cheminée.

Quand cette double opération fut terminée, un soupir de satisfaction et de soulagement gonfla la poitrine de l'Amour, qui prit le chemin de la chambre de Perdita.

§

C'était un caractère étrange et une nature bizarre, que le caractère et la nature de cet homme que nos lecteurs regardent, sans aucun doute, comme le type odieux de la corruption crapuleuse et de la dégradation ignoble.

Certes, rien ne se peut rencontrer de plus méprisable que l'être qui faisait hautement le honteux métier, dont nous l'avons entendu se vanter à propos des chanteuses des rues, dans le chapitre de ce livre, intitulé : *Une société chantante.*

Certes, rien ne se peut rencontrer de plus infâme que l'homme qui se vendait à prix d'argent, pour aider à l'enlèvement et à la séquestration d'une femme, et pourtant dans cet être abruti et dégradé, il y avait encore, par moments du cœur et de nobles instincts.

Sans doute des circonstances fatales, une première faute punie trop sévèrement, peut-être, l'avaient poussé sur la route du crime, route qu'il suivait à grands pas, sans remords et sans soucis; et parfois cependant une pensée généreuse, un sentiment honnête, surgissaient, fleurs étiolées, dans le boueux cloaque de son âme.

Ainsi, depuis le jour où il avait rencontré Perdita, pour la première fois, il s'était pris pour la jeune femme, d'une affection vive, sincère, désintéressée, d'une affection presque paternelle, si nous osons nous servir de cette sainte expression, en l'appliquant à un misérable tel que celui dont nous parlons ici.

Et quand, le matin de ce même jour, il avait retrouvé Perdita, un double sentiment de joie et de douleur s'était emparé de lui tout entier : de joie, en pensant qu'il allait déjouer les plans infâmes, dont la pauvre fille était victime ; de douleur, en se souvenant qu'il avait pour sa part contribué à ses jours de tortures et d'angoisses.

Somme toute, l'Amour, hideux représentant de la hideuse lie du peuple, valait mieux sans contredit, que Georges d'Entragues, le spirituel, l'élégant gentilhomme, car le premier était du moins capable de ressentir une affection pure et dévouée, que le cœur pétrifié du second ne pouvait même plus comprendre.

§

Nous avons dit, que l'Amour monta l'escalier qui conduisait chez la jeune femme.

— N'ayez pas peur, — dit-il, — avant d'ouvrir la porte. C'est moi, c'est un ami !

Il entra.

Cette fois, tout travestissement avait disparu, il était affreux, mais il était lui-même, et Perdita qui le reconnut à l'instant, se jeta dans ses bras en s'écriant avec bonheur :

— C'est vous, je suis sauvée !

Après les terribles épreuves qu'elle venait d'avoir à subir, la vue de cet homme qui ne lui avait jamais témoigné que de la bienveillance, (on se souvient que c'est à lui qu'elle avait dû l'asile et presque le pain de chaque jour, depuis son arrivée jusqu'au moment où elle avait été rencontrée par le général Carol), la vue de cet homme, disons-nous, lui causa cette joie immense que doit produire sur les passagers d'un vaisseau presque détruit par la tempête, l'apparition d'un port voisin et sûr.

L'Amour fut tellement attendri par cet accueil, que deux
ou trois grosses larmes coulèrent de ses yeux éraillés.

— Vous allez m'emmener d'ici, n'est-ce pas ? — dit la
jeune femme d'une voix suppliante.

— Parbleu ! est-ce que ça se demande ? oui, mes amours,
oui, ma fauvette, oui, mon joli rossignol, je vais vous emmener, mais pas tout de suite...

— Pourquoi ?

— Parce que ça ne se peut pas ; mais d'abord causons...
Nous avons le temps, nous sommes pour un quart d'heure
les maîtres de la maison.

— Mais, — répéta Perdita, — pourquoi ne voulez-vous
pas que nous nous en allions à l'instant même, mon ami ?...

— En plein jour ! avec cette robe rose, et ces souliers
de satin blanc, on nous courrait après, ma petite, en
criant : *A la chie-en-lit !* et puis ça aurait encore une foule
d'autres inconvénients !

Perdita portait toujours son domino du bal de l'Opéra.

— D'abord, — reprit l'Amour, — savez-vous pourquoi
vous êtes ici ?

— Non, — répondit Perdita.

— Savez-vous le nom du particulier qui vous a mis en
cage ?

— Pas davantage.

— Et vous ne devinez aucun motif à votre enlèvement?

— Aucun.

— C'est bien drôle ! mais patience, nous découvrirons
plus tard le pot aux roses.

— Dites-moi, maintenant, mon ami, dites-moi comment
il se fait que le ciel vous ait envoyé à mon secours ; dites-
moi quel est le hasard qui a permis que vous veniez ici, et

expliquez-moi la cause du déguisement étrange sous lequel
je vous ai vu ce matin?

L'Amour embarrassé, se tut pendant un instant, il était
très-honteux des choses qu'il avait à raconter à Perdita,
et il tourna la difficulté en évitant de répondre à l'instant
même.

— Je vous dirai, je vous dirai, — fit-il enfin, — mais
c'est un peu long, et nous y reviendrons plus tard ; seulement, je suis bien aise que vous sachiez qu'il était temps
que j'arrive, car voici ce qui se serait passé pas plus tard
que tout à l'heure.

Et il expliqua à la jeune femme les projets de Rosolio.

— Quelle infamie ! — s'écria-t-elle frémissante d'indignation, — et vous croyez que nous ne pouvons pas fuir
à l'instant même ce lieu maudit, cette infâme maison?

— Impossible ! dans trois ou quatre minutes arrivera
l'un de vos gardiens que j'ai trouvé moyen d'éloigner.

— Quand donc partirons-nous?

— A dix heures, ce soir : il n'y a plus que patience.

— Bien sûr?

— Foi de l'Amour ! et jusque-là, je vous le répète, ne
vous tourmentez pas, et surtout mangez et buvez pour reprendre des forces, car vous êtes pâlotte, que c'est à en
faire pitié !

— Vous croyez donc que je n'ai rien à craindre de cet
odieux poison dont vous me parliez tout à l'heure?

— Ah! ah! — s'écria l'Amour en riant aux éclats. —
pour ce qui est de ça, soyez paisible, j'y ai mis bon ordre! Maintenant je m'en vais : si ce n'est pas moi qui vous
apporte à dîner, c'est que je n'aurai pas voulu risquer de

leur donner quelques soupçons. Ainsi pas de bile, et à ce soir !

— A ce soir, mon ami ; mais, avant de me quitter dites-moi au moins où je suis ?

— A Vincennes.

— Si près de Paris, mon Dieu, et si isolée ! Mais quel est donc le génie infernal qui a conçu et exécuté un pareil plan ?

— Le fait est que le particulier me paraît doué d'une fière caboche ; mais nous y verrons clair un jour dans les *apologues* de ce monsieur ; rapportez-vous-en à moi, et ne me retenez plus, je me ferais pincer !

— A ce soir, mon ami.

— A ce soir, la Fauvette !

— L'Amour sortit, et juste au moment où il arrivait dans la salle basse, l'Enrhumé frappait à la porte extérieure, tout essoufflé d'avoir couru en allant et en revenant, et muni d'un paquet de tabac, à la dégustation duquel il fut aussitôt procédé.

Au bout de cinq minutes, les deux geôliers de Perdita, enveloppés des nuages de fumée du plus *pur caporal*, se livraient à cette contemplation extatique, habituelle aux fumeurs.

L'Amour, en suivant du regard les spirales blanches qui se perdaient au plafond, bâtissait des projets infinis.

L'Enrhumé ne pensait à rien.

VII

L'évasion (*suite*).

Vers les six heures du soir, et au moment où l'Enrhumé venait de disposer la table pour le dîner, on entendit retentir le signal de Rosolio, et l'Amour se hâta de lui ouvrir la porte.

L'Italien, on le voyait, avait mis glorieusement à profit ses quelques heures de congé. Ses yeux qui semblaient de moitié moins grands qu'à l'ordinaire, tantôt paraissaient endormis, tantôt brillants outre mesure, son nez était rouge, sa démarche chancelante, et ses jambes avinées décrivaient en marchant les courbes les plus hyperboliques.

Bref, Rosolio n'était pas positivement ivre, mais il était complétement gris.

— Sacrebleu ! — s'écria-t-il en entrant, — voilà qui est original ! il gèle, est la route est grasse ! je perdais pied à chaque instant, et puis j'ai bigrement soif... on dirait

que je n'ai pas bu depuis plus de quinze jours! c'est fort
original! fort o-o-ri-gi-nal!

Et Rosolio, tout en parlant et tout en gesticulant, s'empara de la carafe dans laquelle l'Amour avait mis quelques grains de sel, et la porta à ses lèvres.

L'Amour le laissa faire.

Mais il n'en avait pas avalé une demi-gorgée, qu'il
reposa la carafe sur la table en disant :

— Pouah! que c'est mauvais! est-ce qu'on veut m'empoisonner ici!

— Ah! sapristi! — s'écria l'Amour, — tu as fait un
beau coup, c'est la carafe que tu m'as dit de préparer à
l'usage de la jeune personne.

— Et j'ai bu de ça! — répliqua Rosolio à demi-dégrisé
par l'émotion, — alors je suis frit, je vas perdre tous mes
moyens! donne-moi n'importe quoi pour m'ôter ce goût
de la bouche.

— Un verre de vin, — fit l'Amour, — un simple verre
de vin et il n'y paraîtra plus, c'est ça un topique ficelé.

— Pour lors, amène une fiole par ici.

L'Amour alla au buffet, prit le vin de Bordeaux dans
lequel il avait mis infuser la poudre narcotique, et il le
donna à Rosolio qui buvant à même la bouteille, avala
sans reprendre haleine la valeur de deux bons verres.

— Ça vaut un peu mieux, — dit-il alors, — mais
n'empêche, je trouve qu'on dirait que ça a un petit goût
tout drôle...

— C'est l'eau que tu as bue tout à l'heure, qui te fait
cet effet-là, — interrompit l'Amour.

— Possible, mais n'empêche, ça sent quéque chose...

— Une idée que tu te mets dans la tête...

— Je m'en rapporte à l'Enrhumé... Déguste un peu, l'Enrhumé, — ajouta Rosolio en tendant la bouteille à son suppléant.

Celui-ci vida le reste d'un trait.

— Eh bien ?

— Ma foi, — grogna l'Enrhumé, — ça sent le bon vin, voilà tout.

Rosolio, en présence de ce témoignage désintéressé, finit par croire qu'il s'était fait illusion, et sans se préoccuper davantage de ce qui venait d'arriver, il se mit à table avec ses deux collègues.

Il est certaines natures d'hommes que rien n'altère comme de boire ou d'avoir bu, celle de Rosolio était de ce nombre, et comme il s'était largement abreuvé pendant une grande partie de la journée, il ne trouva rien de mieux à faire que de vider, tout en dînant, un nombre considérable de bouteilles.

L'Enrhumé l'imitait de son mieux, et comme bien l'on pense, l'Amour faisait au buffet de fréquentes visites, et remplaçant sans cesse par des bouteilles pleines, celles qu'on venait de vider, il poussait ses convives à la consommation, en ayant le plus grand soin d'ailleurs de se ménager lui-même.

Mais, chose étrange, Rosolio dont l'ivresse était, d'habitude, joyeuse, bruyante, désordonnée, pleine de chansons obscènes et de rires grossiers, Rosolio devenait ce soir-là de plus en plus sombre, taciturne, alourdi à chaque nouvelle rasade que lui versait l'Amour. Sa paupière appesantie ne laissait plus échapper qu'un regard terne et vitreux, sa bouche pâteuse ne prononçait plus que des mots incompréhensibles et inarticulés. Par deux fois il fit un violent effort pour relever sa tête et pour rouvrir les yeux, ce fut vainement, les puissants effets du narcotique le dominaient tout entier, sa tête se balança d'une épaule à l'autre et roula sur sa poitrine, ses yeux se fermèrent invinciblement, et enfin un sommeil de plomb le cloua sur sa chaise.

L'Enrhumé, plus vigoureusement constitué, résista pendant un peu plus longtemps ; il chercha à prendre un point d'appui en s'accoudant sur la table, son coude glissa, le poids de son corps le fit basculer sur son siège, et il tomba par terre, où deux minutes après il ronflait comme un taureau.

Nous prions nos lecteurs de vouloir bien remarquer que la plus complète extinction de voix, n'est nullement incompatible avec les ronflements les plus sonores.

— Voilà qui va bien, — se dit l'Amour, admirant les premiers résultats qu'il venait d'obtenir ; — maintenant il n'y a plus que patience ! Chauffons-nous les pieds et allumons une pipe avant de monter là-haut, sans ça la Fauvette voudrait partir tout de suite et ça serait mauvais.

L'Amour calculait qu'il ne serait point impossible que *le bourgeois*, comme ils l'appelaient (c'est-à-dire Georges d'Entragues), arrivât à Vincennes dans le cours de la soirée, pour voir ce qui se passait, et il n'était rien moins que désireux de le rencontrer en route.

Cette crainte du reste était chimérique, et nous savons déjà que le comte d'Entragues ne vint point.

Vers les dix heures, l'Amour s'étant assuré que Rosolio et l'Enrhumé dormaient plus que jamais, jugea que tout danger avait disparu et monta chez la jeune femme.

— Vous voilà, — lui dit-elle en courant au-devant de lui, — eh bien ?

— Tout marche.

— Ainsi nous pouvons partir ?

— Oui.

— Quand ?

— Tout de suite.

Perdita ne pouvait croire à ce bonheur inespéré ; elle avait envie, tout à la fois, de tomber à genoux afin de remercier le Ciel, et de se jeter dans les bras de son sauveur pour l'embrasser.

— Allons, passez-vous-en la fantaisie ! — s'écria l'Amour, qui, fort ému lui-même, devina les sentiments de la jeune femme.

Et sans attendre qu'elle vînt à lui, il la prit par le cou, et déposa sur chacune de ses joues un gros baiser bien sonore.

La pensée du départ un moment disparue, revint à l'esprit de Perdita, et elle demanda :

— Comment avez-vous fait ?...

— Vous verrez ça tout à l'heure en descendant, — répondit l'Amour avec un sourire.

— Sommes-nous seuls ici ?

— Non pas.

— Quoi !... ces hommes...

— Dans la cuisine, toujours.

— Mais ils s'opposeront...

— A ce que nous décampions ? Non fichtre pas, je les en défie.

Perdita, dont l'imagination s'était accoutumée depuis quelques jours à tout revêtir des couleurs les plus sombres, entrevi' une scène de violence, et s'écria épouvantée :

— Vous les avez tués, peut-être ?

— Tués ! répondit l'Amour en riant. — La cour d'assises ! merci ! Non, ma foi je ne les ai pas tués, je les ai endormis.

— Endormis ?... — demanda Perdita surprise.

— Avec la drogue qu'ils comptaient vous administrer ! La farce est un peu drôle, je m'en pique.

— Perdita, à son tour, ne put empêcher un léger sourire de venir effleurer ses lèvres.

— Nous perdons du temps, — fit l'Amour, — apprêtez-vous.

— Je suis prête.

— Est-ce que vous comptez partir avec cette robe sur le dos ?

— Mais que voulez-vous que je mette ?

— Ça, — répondit l'Amour en désignant une robe de chambre de tartan doublée en soie, que M. d'Entragues avait fait préparer pour la jeune femme ; vêtement que celle-ci n'avait jamais pensé revêtir, et qui était resté sur la chaise où on l'avait placé primitivement.

— C'est juste, — fit Perdita.

— Alors faites vite.

— Laissez-moi seule un instant, mon ami.

— C'est juste, — dit-il à son tour, et il sortit.

Perdita changea de robe.

— Est-ce fait ? — demanda l'Amour à travers la porte, bout d'une minute.

— Oui, entrez.

— C'est beaucoup mieux comme ça, — dit-il ; mais sur votre tête, qu'allez-vous mettre ? — il fait froid.

— J'ai la pelisse que je portais par-dessus mon domino, je rabattrai le capuchon.

— Parfait. Maintenant, reste la chaussure, ces souliers de satin seront en morceaux dans cinq minutes ; car, songez que nous sommes forcés d'aller à pied jusqu'à la barrière.

— Comment faire ?

L'Amour chercha un expédient, il n'en trouva point.

— Au reste, — dit-il, tranchant ainsi le nœud gordien, — si vous ne pouvez pas marcher, je vous porterai, et puis à la barrière nous trouverons un fiacre.

— Sans doute.

— A propos de fiacre, avez-vous de l'argent pour le payer, moi je n'ai pas un *rouge monaco*, ni dans ma poche, ni dans ma *turne* (1).

— Moi non plus, — répondit la jeune femme, — je n'ai rien !

— Diable ! — fit l'Amour.

Il réfléchit une seconde, puis se frappa le front et s'écria :

— Dieu, suis-je bête !

Et il descendit rapidement l'escalier, sans s'expliquer davantage.

Arrivé dans la pièce du bas, il s'approcha de Rosolio, et fouilla successivement sans résultat dans les deux poches du gilet ; il fut plus heureux dans sa visite aux poches du pantalon, car il en retira trois ou quatre pièces

(1) *Turne*, synonyme de taudis, galetas, etc.

IV. 14

d'or, de la monnaie, un bracelet et une broche en diamants.

Il remonta alors tout aussi vite qu'il était descendu, et
dit à la jeune femme :

— J'ai l'affaire.

— Puis lui tendant le bracelet et la broche, il lui demanda :

— C'est à vous, ça, hein ?

— Oui, — fit Perdita ; — je les avais donnés à ce
misérable...

— Qui avait promis de vous lâcher et qui n'en a rien
fait... Connu !

— Maintenant nous pouvons partir, n'est-ce pas ?

— Rien n'empêche ; où allons-nous ?

— A Paris.

— C'est convenu, mais Paris est grand, et il est bon
que j'aie une adresse à donner au cocher, quand nous
monterons dans le sapin.

— Savez-vous où demeure le préfet de police ?

— Le préfet de police ! — répéta l'Amour étonné, — et
que diable voulez-vous faire du préfet de police ?

— Me mettre sous sa protection, lui porter plainte de
tout ce qui vient de se passer, et me défendre ainsi contre
les attaques nouvelles de ceux qui m'ont attaquée déjà.

— Quant à ce qui est de vous plaindre, — fit l'Amour,
— mille excuses, la Fauvette, mais ça ne se peut !

— Pourquoi ? — demanda la jeune femme.

— Avez-vous remarqué, — dit l'Amour au lieu de répondre, — avez-vous remarqué combien il y avait d'hommes
avec la voiture, le jour où vous avez été enlevée ?

— Non, — répondit la jeune femme ; — j'étais si loin de deviner ce qui se passait !

— Je vais vous le dire : ils étaient quatre, les brigands...

— Eh bien !...

— Eh bien ! j'étais l'un des quatre.

— Vous ! — s'écria Perdita en se reculant instinctivement.

— Faites donc attention que je ne savais pas que ce fût vous. Je suis une canaille finie, moi, mais je me flanquerais au feu si vous me le demandiez ; et pourtant si vous déposez une plainte, on me tombera dessus aussi bien que sur les autres.

— Je me tairai, — dit Perdita.

— Très-bien... Où allons-nous, alors ?

— Chez le général Carol.

— Un vieil officier, l'air fier, moustaches noires ? Connu, celui-là... c'est moi qui lui ai donné votre adresse, à l'estaminet de la Grand'Pinte. Où perche-t-il ?

Perdita dit le nom de la rue Saint-Lazare, et indiqua le numéro.

— A présent, filons.

L'Amour et la jeune femme descendirent, passèrent à côté de Rosolio et de son hideux acolyte, ouvrirent sans bruit la porte de la salle basse, gagnèrent la cour, puis le sentier bordé d'épines, et s'éloignèrent du côté de Paris.

Nous les rejoindrons dans un instant.

VIII

L'évasion (*suite*).

Un pâle soleil d'hiver éclairait de ses ternes rayons l'intérieur de la salle basse, c'est-à-dire qu'il était à peu près midi, quand les deux dormeurs se réveillèrent.

Rosolio, le premier, entr'ouvrit les yeux, étira ses bras, bâilla à deux ou trois reprises, et se levant en chancelant, heurta du pied le corps de l'Enrhumé, qui se mit à grogner comme un chien qu'on dérange, et ne parvint qu'à grand'peine à se mettre debout, le carreau sur lequel il avait couché, ayant complétement engourdi et presque paralysé ses membres.

— Sacré mille tonnerres ! — dit Rosolio, — est-ce bête de s'endormir comme ça sur une chaise ! on est tout je ne sais comment, le lendemain matin. A propos, nous nous sommes donc *soûlés* hier soir ?

— Faut croire, — grommela l'Enrhumé.

— Je ne me souviens de rien. Où est l'Amour ? Regarde donc un peu s'il *pionce* dans quelque coin.

L'Enrhumé chercha, mais ne trouva rien.

— Ohé! l'Amour! — cria Rosolio.

Personne ne répondit.

— Je sais ce que c'est, — dit l'Italien, — il sera allé porter à déjeuner là-haut, *voyons voir*.

Rosolio monta l'escalier, se proposant d'écouter à la porte; il trouva la porte ouverte et la chambre vide.

Une énergique exclamation s'échappa de ses lèvres et fut suivie d'un déluge de juments qui attirèrent l'Enrhumé.

— Eh bien! nous sommes jolis garçons! — fit l'Italien après avoir évaporé sa colère en gros mots, — c'est cette canaille de l'Amour qui a fait le coup! pourtant la demoiselle n'avait rien à lui donner, mais elle lui aura beaucoup promis!

Et tout en parlant, Rosolio mit la main sur la poche où il cachait les joyaux de Perdita, et il la sentit à peu près vide.

— Volé! — s'écria-t-il, — ah! c'est trop fort! Et une nouvelle bordée de jurons vint encore une fois le soulager.

— Qu'est-ce que nous dirons au bourgeois? — fit l'Enrhumé.

— Imbécile! — répondit Rosolio, — comme si nous allions l'attendre! Voyons, nous sommes *faits au même*, il s'agit de tirer de la situation le meilleur parti possible; va-t'en chercher en bas une bougie et apporte-la.

L'Enrhumé remonta au bout d'une minute avec la bougie demandée.

L'Italien examina tout ce qui se trouvait dans la chambre.

— Ça ne vaut pas grand'chose, — dit-il, — mais c'est

toujours autant de sauvé, et le bourgeois ne portera pas plainte.

— Qu'est-ce que nous allons donc faire? — demanda l'Enrhumé.

— Déménager, pardieu!

— Avec ça que c'est facile.

Rosolio haussa les épaules.

— En voilà un qui se noierait dans son crachat! — s'écria-t-il; — mais animal, que tu es, rien n'est plus simple!

— Comment?

— Tu vas courir à Vincennes.

— Après?

— Tu te procureras une petite charrette à bras.

— Avec quoi?

— Voici de l'*os* (1).

Et Rosolio donna à l'Enrhumé les quelques pièces de monnaie qui avaient échappé à la recherche de l'Amour.

— Tu amèneras la charrette ici, — continua-t-il, — et le reste ira tout seul!

Effectivement, au bout de vingt-cinq minutes, l'Enrhumé revenait. Rosolio et lui amoncelaient sur la charrette, glaces, pendule, chaises, fauteuils, rideaux, matelas, draps de lit, etc... enfin toute la partie transportable du mobilier, l'Enrhumé s'attelait au brancard, et deux heures après un revendeur de la rue du Temple achetait en masse le chargement de cette *tapissière* d'un nouveau genre, pour une somme assez ronde, dont Rosolio gardait les quatre cinquièmes et dont il octroyait libéralement le reste à son collègue.

(1) *Os*, de l'argent.

§

Le trajet de Perdita et de l'Amour, jusqu'à la barrière, s'était effectué sans aucune espèce de rencontres fâcheuses. La jeune femme aspirait avidemment l'air de la liberté, et contre toutes prévisions, ses frêles bottines de satin blanc ne se déchirèrent point de façon à lui rendre la marche impossible.

A la barrière se trouva justement, et comme à point nommé, une citadine vide, qui venait de conduire une noce, et l'automédon, alléché par la promesse d'un splendide pour-boire, mit ses deux maigres rosses au grand trot.

Il faudrait se trouver dans la situation de Perdita, c'est-à-dire avoir échappé d'une manière inespérée, et pour ainsi dire miraculeuse aux tortures morales d'une captivité étrange, pour comprendre l'immense bonheur qui inonda tout d'un coup son âme à la vue des ces rues vivantes, populeuses, de ces boulevards bruyants, étincelants de clartés, envahis par la foule sortant de dix théâtres, car l'heure de l'entrée de Perdita à Paris était précisément l'heure de la fermeture des spectacles.

Certes, il est heureux celui qui, se croyant ruiné, retrouve une fortune! Il est heureux celui qui peut presser la main d'un ami d'enfance absent depuis vingt ans! pour le poëte, bien souvent, le bonheur c'est le succès; pour l'homme jeune, presque toujours, le bonheur c'est l'amour; mais nous le disons hardiment, ni la fortune, ni le succès, ni le baiser d'une femme, n'équivalent à cette volupté divine du captif qui redevient libre.

La citadine s'arrêta devant la maison de la rue Saint-Lazare.

Le compagnon de Perdita descendit de voiture, et entra chez le concierge.

— Le général Carol est absent, — dit-il, en revenant au bout d'une seconde.

— Demandez où il est, mon ami, et à quelle heure il rentrera, — répondit Perdita.

Pendant que l'Amour prenait cette information nouvelle, un jeune homme passa rapidement près de la citadine, et disparut sous la porte cochère.

Que fût-il arrivé si le regard distrait de cet homme se fût arrêté sur la figure de Perdita qui, avidement penchée en dehors, était éclairée par les feux d'un bec de gaz d'une façon aussi vive que par la lumière du soleil.

Que fût-il arrivé?

Quelque chose d'étrange sans doute, car cet homme était Georges d'Entragues.

Heureusement, il passa sans rien voir.

L'Amour ressortit. Il avait l'air triste et découragé.

— Eh bien! — demanda Perdita.

— Parti, — répondit l'Amour.

— Parti! — répéta la jeune femme avec stupeur. — Et depuis quand? et où est-il allé? et pourquoi est-il parti?

— Tout ce que sait le portier, c'est qu'il y a dix jours à peu près, sur le soir, M. Carol, qui depuis la veille était comme un fou, a envoyé chercher une voiture et des chevaux de poste, et que depuis on n'a point eu de ses nouvelles.

— Dix jours! — se dit Perdita, — juste l'époque de

mon enlèvement. Dans quel piége, mon Dieu, l'aura-t-on entraîné lui aussi ?

§

On se souvient que lorsque le général Carol était venu demander à M. d'Entragues un *conseil d'ami* sur ce qu'il avait à faire après la disparition de Perdita, Georges lui avait promis d'obtenir des renseignements positifs de quelques viveurs de ses amis, toujours admirablement au fait de la chronique galante et des petits scandales de la haute Bohême de Paris.

Effectivement, le comte d'Entragues avait appris que, dans la nuit même du bal de l'Opéra, un jeune sportsman de la plus belle espérance, était parti pour l'Italie avec une jolie actrice aux yeux noirs et au cœur sensible, qu'il arrachait à un engagement parfaitement en règle et à un directeur furieux,

C'est à la poursuite de ce couple amoureux que le moderne Machiavel lança le général Carol.

Ce dernier, qui en était arrivé à croire, non plus à un enlèvement, mais à une indigne tromperie de la part de celle qu'il aimait, s'était juré de rejoindre les tourterreaux fugitifs et d'échanger un coup d'épée ou une balle de pistolet avec celui qui, dans son esprit, était un odieux séducteur.

Mais la *Juliette* du Vaudeville et le *Roméo* du Jockey-Club avaient quarante-huit heures d'avance, et le général payait vainement triples guides, il restait toujours distancé dans ce steaple-chasse d'une nouvelle espèce.

Ceci nous explique l'absence prolongée qui faisait craindre une embûche à Perdita.

§

— Où allons-nous à présent? — demanda l'Amour.

— Chez moi, — répondit la jeune femme, — rue de Provence, n. ***, dites au cocher d'arrêter à quelque distance de la maison.

— Et maintenant? — fit de nouveau l'Amour, lorsque la voiture eut atteint l'endroit désigné.

— Maintenant, mon ami, entrez chez le concierge, et demandez à parler pour quelque chose de très-pressant à mademoiselle Justine, la femme de chambre de la dame du premier; vous l'amènerez ensuite ici, sans lui dire de quoi il s'agit.

— Très-bien.

Au bout de cinq minutes, l'Amour parut seul à la portière.

— Vient-elle? — demanda Perdita.

— Non.

— Pourquoi ?

— D'abord vot' concierge, qui est un mal appris, m'a très-mal reçu quand j'ai demandé mademoiselle Justine... mais je connais le truc pour apprivoiser les *clot-portes* les plus farouches, je lui ai mis dans la main une *tunne de cinq balles*, et il m'en a dit pour mon argent...

— Enfin, qu'avez-vous appris ?

— On croit que vous êtes à *faire la noce* n'importe où, et votre gueuse de femme de chambre profite de la chose pour *godailler* toute la journée dans votre domicile avec un trompette de hussards, un ébéniste et un coiffeur, et pour aller filer le parfait amour tous les soirs chez un municipal de cinq pieds huit pouces ; voilà !

— Mon Dieu ! mon Dieu ! mais, où vais-je donc passer la nuit ?

— Est-ce que vous ne pouvez pas rentrer chez vous tout simplement et faire ouvrir votre porte par un serrurier ?

— Vous ne comprenez donc pas que je ne veux point qu'on sache mon retour ?

— Au fait, c'est juste, et vous avez peut-être raison.

— Que faire ?

— Je vous proposerais bien de venir dans mon garni ; mais d'abord, c'est à tous les diables, et puis on y manigance au moins six fois par semaine des descentes de police, et ça vous embêterait. Je crois qu'il faut que vous alliez coucher dans le premier hôtel venu ; moi, je ferai ici le guet toute la nuit, et sitôt que vot' mamzelle Justine rentrera, je vous l'amènerai.

Ce conseil était parfaitement raisonnable, et d'ailleurs, Perdita n'avait pas le choix, elle descendit donc dans un petit hôtel de la rue Lepelletier, et dormit comme doit dormir une femme qui n'a pas eu, depuis plus d'une semaine, une heure de bon sommeil.

Le lendemain matin, vers les dix heures, mademoiselle Justine, que l'Amour avait arrêtée au passage, chez le portier de la rue Saint-Lazare, entrait dans la chambre de Perdita, avec cet air moitié confus, moitié délibéré des soubrettes parisiennes.

— Je sais de quelle manière vous vous êtes conduite pendant mon absence, — lui dit la jeune femme.

— Et madame me chasse ? — demanda la camériste d'un ton dolent, en ayant l'air d'essuyer avec le coin de son tablier blanc, une larme qui ne coulait pas.

— Je ne vous chasse point...

— Ah!!!

— Et je vous propose de doubler vos gages.

— Madame veut rire..... — dit la femme de chambre interdite.

— Je vous promets en outre dix louis de gratification si vous faites exactement ce que je vais vous demander.

— Ah! madame... madame peut compter sur moi... mais madame sait bien que ce n'est pas pour l'argent...

— Vous allez retourner chez moi.

— Oui, madame.

— Vous ne direz à personne que vous m'avez vue. A personne, sans exception, entendez-vous bien ?

— Oui, madame.

— Vous prendrez un de vos habillements complets, vous me l'apporterez ici, ce soir à la nuit tombante, je rentrerai avec vous sous ce costume...

— Oui, madame.

— Et vous vous rappellerez ceci : c'est que pour les gens de la maison, pour le portier, pour tout le monde enfin, je dois, jusqu'à nouvel ordre, n'être point revenue et n'avoir point donné de mes nouvelles.

— Si madame veut, — répondit la soubrette, enchantée d'avoir un rôle dans ce petit roman mystérieux, — je passerai tous les jours deux heures à pleurer dans la loge du concierge, en disant que je crois bien que madame est morte et qu'il faut aller voir à la Morgue ?

— Ceci ne sera point nécessaire, — répondit Perdita

en souriant, puis elle ajouta : — je désire aussi la suppression du trompette, de l'ébéniste, du coiffeur et du municipal.

— Ah ! madame, — s'écria la soubrette, on vous a fait des cancans, — ce sont mes cousins et je dois les épouser !

A cette dernière naïveté, la maîtresse ne put garder son sérieux, et Justine s'en alla peu repentante et pardonnée.

Le même soir, Perdita était rue de Provence, mieux cachée à tous les yeux, dans le fond de son appartement, que dans quelque chaumière isolée de la forêt de Saint-Germain.

Le lendemain matin, Justine portait rue Saint-Lazare une lettre de la jeune femme, et recommandait au valet de chambre du général Carol de la remettre à son maître à l'instant précis de l'arrivée de ce dernier à Paris.

IX.

Une demande en mariage.

Nous sommes obligés de nous arrêter pendant un instant dans la marche de notre récit, afin de remettre en quelques lignes sous les yeux de nos lecteurs la situation de chacun des personnages du drame que nous racontons, car nous touchons au moment où une série d'événements nouveaux va nous conduire au dénoûment.

Deux mots d'abord de Georges d'Entragues.

Nous connaissons depuis longtemps le but de ce dernier. — Changer sa position douteuse et de jour en jour plus précaire, contre une existence large et tranquille, appuyée sur des bases solides, pouvant lui rendre avec la richesse disparue cette considération du monde que d'un instant à l'autre il courait risque de perdre, voilà où tendaient tous ses efforts, voilà où devait le conduire, selon lui, la voie tortueuse qu'il suivait.

Mais pour arriver à ce résultat, son mariage avec

Esther de Choisy était indispensable : pour épouser Esther, il avait besoin de sauver les apparences et d'étendre, au moins pour quelque temps, un voile trompeur sur sa fortune engloutie et sur son honneur compromis.

Les lettres de change volées à Jules de Nodêsmes, et grâce auxquelles l'usurier Salomon lui avait accordé six mois de répit, l'enlèvement et la séquestration de **Perdita** avaient été les honteux moyens mis en œuvre par lui pour conquérir l'avenir qu'il rêvait.

Et voilà que tout d'un coup l'échafaudage si péniblement élevé s'écroulait sous ses pieds, et voilà que l'avenir devenait menaçant, et que déjà, derrière les nuages qu'il entrevoyait au loin, grondait la foudre qui le pulvériserait peut-être !

En effet, Perdita échappée de ses mains allait revenir en scène, plus dangereuse que par le passé.

Le sursis obtenu de Salomon devenait inutile, puisque le mariage projeté paraissait à peu près rompu ; il n'était point douteux qu'à l'époque de l'échéance des lettres de change de Nodêsmes, les ressources lui manquant pour arranger l'affaire, un terrible procès viendrait à s'engager. Et qui sait si devant les tribunaux quelque sinistre lumière ne jaillirait pas soudain sur les sombres mystères de sa vie?

Georges, pour la première fois, baissa la tête, anéanti. Il dut s'avouer à lui-même que la destinée le dominait, que vainement il déployait les subtiles ressources de son esprit pervers, qu'une main invisible et fatale faisait avorter ses plans les mieux conçus, et qu'il se trouvait enfin impuissant pour le mal.

Ce fut pour le jeune homme un moment terrible, mais

court; bientôt, comme toujours, son énergie naturelle reprit le dessus, et il se dit avec cette suprême audace d'une situation désespérée, qu'il allait lutter jusqu'au bout corps à corps avec le hasard.

Voilà pour le comte d'Entragues, occupons-nous maintenant des Choisy.

M. de Choisy, dont nos lecteurs ont été à même d'apprécier le caractère, quoiqu'il n'ait guère joué dans ce livre qu'un rôle de comparse, avait envisagé comme son plus beau rêve le mariage d'Esther et de Georges, jusqu'au jour où il avait entrevu la possibilité d'une alliance princière. A partir de ce moment, les *perles* de la *couronne comtale* étaient devenues mesquines à ses yeux, mises en parallèle avec une *couronne fermée*, et il attendait avec une extrême impatience que M. de Falckenberg demandât la main de sa fille.

Quant à la pauvre Esther, on ne s'occupait pas le moins du monde de ses goûts et de ses répugnances, et l'on comptait bien ne la consulter qu'après que tout aurait été décidé irrévocablement.

Aussi la douce enfant, devinant à peu près ce qui se passait, avait le cœur serré et pleurait en silence, sachant à merveille que la manie nobiliaire dont était entiché M. de Choisy parlerait plus haut que ses larmes, et étoufferait tout sentiment de tendresse paternelle.

Madame de Choisy eût vainement lutté contre les résolutions de son mari, entêté comme tous les êtres bornés, et puis d'ailleurs *la nobiliomanie,* maladie des plus contagieuses, avait fini par s'enraciner aussi quelque peu dans son esprit.

Nous n'avons qu'un mot à dire de la situation de Danaë.

— Elle devait, nous le savons, lionne captive, obéir pas-
sivement à tous les ordres de M. d'Entragues, jusqu'au
jour où affranchie de ce joug de fer par quelque miraculeux hasard, elle pourrait enfin se relever et déchirer son
maître. — Mais ce jour arriverait-il ?

Jules de Nodèsmes (qu'on nous pardonne cette comparaison plus que triviale) était un *pantin* docile, dont Georges, ce terrible saltimbanque, faisait à son gré mouvoir
les fils.

Perdita se cachait en attendant le retour du général
Carol, qui la cherchait au fond de l'Italie.

Et enfin, la chanoinesse, épuisée par son voyage et par
les pénibles impressions de sa visite à l'*Hôtel des Ambassadeurs,* était retombée malade, ne quittait point le lit, et
donnait quelques inquiétudes aux médecins.

Voilà donc le résumé exact de la situation de nos principaux personnages, le lendemain du soir où M. d'Entragues avait trouvée déserte la petite maison du chemin de
Vincennes.

§

Il était deux heures de l'après-midi.

Esther, accompagnée d'une femme de chambre et d'un
domestique, assistait, à *Notre-Dame,* au sermon de M. La-
cordaire.

M. et Madame de Choisy, en *grand fiocchi* (comme eût
dit la chanoinesse), semblaient attendre dans leur salon
quelqu'événement important.

C'est que le matin même de ce jour, le chasseur de M. de
Falckenberg avait apporté à l'*Hôtel des Ambassadeurs* une

lettre de son maître, laquelle lettre annonçait officiellement la visite du prince pour le milieu de la journée.

Aussi, convaincus comme ils l'étaient qu'il s'agissait d'une demande en mariage, M. et madame de Choisy avaient revêtu pour cette circonstance solennelle, l'un, son plus magnifique habit noir, la mieux empesée de ses cravates blanches, et les plus brillants de ses souliers *cirés;* l'autre, une robe de damas cerise, brochée de fleurs vertes, et assez peu montante pour exhiber à peu près autant qu'au bal les contours d'une blanche poitrine, de plus un bonnet de dentelles de Malines, avec des nœuds de velours ponceau et des *agréments* en chenille.

Madame de Choisy, persuadée qu'elle avait singulièrement mis en valeur, par cette toilette, les charmes de sa petite et grassouillette personne, *piaffait* devant la cheminée depuis un quart d'heure, en se regardant toutes les trois secondes dans la glace, quand on entendit un grand bruit de voitures et de chevaux dans la cour.

Le vieux gentillâtre normand, oubliant sa dignité et ses rhumatismes, courut à la fenêtre pour admirer la splendeur et l'élégance des équipages du prince.

Peu d'instants après, M. de Falckemberg entrait dans le salon.

Le ci-devant comte de Fly avait vraiment fort grand air. Son habit bleu boutonné jusqu'au cou, et ne laissant passer que la pointe de son gilet blanc, le pardessus de couleur claire qui recouvrait l'habit, ses nombreuses décorations, et jusqu'aux rides de sa figure flétrie lui donnaient l'aspect de quelque vieux diplomate de l'école de Talleyrand,

Il avait d'ailleurs assez vu le monde, et le meilleur

monde, pour jouer avec succès les manières dédaigneuses
et aristocratiques, qui, jointes au titre sonore de *prince*,
constituaient selon M. de Choisy l'ensemble de la plus
complète et de la plus exquise distinction.

M. de Falckenberg fut reçu comme il l'avait été peu de
jours auparavant en présence de madame de Boisjol, avec
les formes et les cérémonies de la déférence la plus plate
et la plus obséquieuse.

De son côté, du reste, il rendit à M. de Choisy égards
pour égards, courbettes pour courbettes, politesses pour
politesses, et de lui-même et non sans intention, il amena
son hôte à enfourcher son *dada* bien-aimé. Voici comment :

— Depuis le jour, — dit-il, — où se sont établies entre
nous des relations qui m'honorent, j'ai pu remarquer,
Monsieur, que vous aviez employé tous vos loisirs et consacré toutes les facultés de votre haute intelligence à l'é-
tude approfondie d'une science, la plus belle de toutes, et
malheureusement la plus négligée aujourd'hui.

— Laquelle, cher prince? — demanda M. de Choisy,
tout à la fois chatouillé dans son amour-propre par les
paroles flatteuses de l'ex-comte de Fly, et surpris au plus
haut point de se voir attribuer des connaissances si rares
et si vantées.

— J'entends l'art héraldique, la langue mystérieuse du
blason, et l'histoire de la noblesse recomposée d'après ses
arbres généalogiques.

Il n'en fallait pas tant pour tourner la tête à M. de
Choisy; aussi, répliqua-t-il gonflé d'orgueil, mais se parant
d'une fausse modestie que démentait son regard triom-
phant :

— A la vérité, cher prince, je ne suis point complètement étranger à la magnifique science dont vous parlez;
je puis même me piquer de quelques connaissances superficielles, mais.....

— Que dites-vous! — se hâta d'interrompre M. de Fal-
kenberg; — des connaissances superficielles! Eh! croyez-
vous, Monsieur, que votre réputation du plus habile généa-
logiste de France ne vous ait point précédé à Paris, et ne
savez-vous pas qu'il n'est bruit, dans les salons du grand
monde, que du beau travail que vous venez de terminer
sur la noblesse française.

Or, la veille, précisément, M. de Choisy avait porté au
comptoir des Imprimeurs-unis, un gros traité de sa façon,
compilation indigeste et maladroite des nobiliaires de nos
différentes provinces. Il se proposait de publier à ses frais
ce pesant volume, et le hasard avait permis que M. Falckenberg eût connaissance de ce fait.

— Comment vous savez!... — s'écria M. de Choisy.

— Ce que sait tout le monde, rien de plus; ce que le
public lui-même apprend aujourd'hui par la voie des
journaux.

— Les journaux!... vous plaisantez... mon cher prince...

— Pas le moins du monde. Voyez plutôt.

Et M. de Falckenberg tirant de sa poche *la Presse* du
jour, montra à M. de Choisy stupéfait les quelques lignes
suivantes sous la rubrique des *faits Paris.*

« *On annonce, comme devant paraître très-prochainement,
un nouveau* LIVRE D'OR *de la noblesse, sous ce titre heureux,* D'HOZIER RENOUVELÉ *ou* LE GÉNÉALOGISTE
IMPARTIAL; *cet ouvrage dont le besoin se faisait généralement sentir, est dû à la plume habile et savante de M. DE*

CHOISY, *gentilhomme appartenant à l'une des plus anciennes et des plus honorables familles de Normandie, l'Académie des Inscriptions et Belles-lettres adoptera, dit-on, le* GÉNÉA-LOGISTE IMPARTIAL. »

Cet article, inséré par les soins du prince, fit ouvrir de grands yeux au Normand et lui parut l'infaillible présage d'un succès immense, et d'une célébrité universelle.

— Est-ce que cette annonce n'émane réellement point de vous? — demanda M. de Falckenberg.

— Pas le moins du monde, et vous me voyez surpris au-delà de toute expression.

— Alors je sais d'où cela vient.

— Vraiment??

— C'est l'Académie des Inscriptions et Belles-lettres elle-même, qui aura voulu vous donner idée de mettre votre livre sous son patronage.

— En effet, — dit M. de Choisy, — cela est probable.

— Cela est certain. Serez-vous assez bon pour me donner l'adresse de l'éditeur?

— Qu'en voulez-vous faire?

— Souscrire pour cent exemplaires.

— A quoi bon cher prince... Je mets l'édition tout entière à votre disposition.

— J'userai de cette faveur, mais sans en abuser, il ne faut pas priver le public d'une œuvre qu'il attend avec impatience, et dans laquelle sans doute vous avez ouvert des horizons bien neufs.

— Eh! eh! — fit M. de Choisy, — je les crois assez neufs, les horizons...

— Désarçonné bien des blasons apocryphes...

— Ah! le fait est que j'en ai désarçonné... quelques-uns.

— Il est un fait surtout d'une suprême injustice, et que vous n'aurez point manqué j'en suis convaincu, de combattre violemment ?

— Il y a cent contre un à parier.

— Je veux parler de l'incroyable sottise avec laquelle s'est faite autrefois la répartition des *titres*, dont les uns se sont accolés à des noms qui n'étaient rien moins qu'illustres, tandis que d'autres familles beaucoup plus recommandables sous le rapport de l'ancienneté et des actions d'éclat, n'ont jamais obtenu la moindre *vicomté*, ou la plus modeste *baronnie*.

— Ah! cher prince, comme c'est plein de sens, ce que vous dites là !

— Et ce que sans doute vous avez dit avant moi.

— Non... je ne l'ai pas dit... mais j'aurais pu le dire !

— Cela revient au même. Et pour ne citer qu'un exemple, n'est-ce pas honteux pour la France, que vous, un Choisy, famille historique s'il en fut, vous ne vous nommiez pas le comte de Choisy ?

— Ah! oui! le comte de Choisy! comme c'est plus facile à prononcer.

— Du reste, il ne tiendrait qu'à vous.

— En vérité ?

— Est-ce que vous le désirez le moins du monde ?

— J'avoue que, quoique ma famille puisse se passer de cela, et soit en droit de dire, comme les Coucy :

> Baron ne suis, ni prince aussy,
> Je suis le sire de Choisy.

un titre me serait assez agréable.

— Rien n'est plus facile, je m'en charge.

— Vous, cher prince !

— Dans trois mois vous serez comte, et, qui plus est, comte du saint-empire.

— Que de reconnaissance ne vous devrai-je pas ?

— Vous ne me devrez rien, et c'est probablement moi qui demeurerai votre obligé.

— J'avoue ne pas très-bien comprendre...

— J'ai une demande à vous adresser, mon cher *comte de Choisy.*

Le Normand, qui devina que le prince allait en arriver au but de sa visite, s'inclina, comme pour lui dire : *Parlez,* tout en se rengorgeant dans sa cravate blanche, tandis que M. de Falckenberg poursuivait avec son sourire le plus diplomatique :

— D'habitude, des propositions semblables à celles que je viens vous faire se traitent par ambassadeur ; mais j'ai pensé qu'en faveur de l'impatience extrême avec laquelle je vais attendre votre décision, vous me pardonnerez d'omettre une cérémonieuse formalité.

M. de Choisy s'inclina de nouveau fort gracieusement, mais sans mot dire. Un silence absolu, jusqu'à ce que le prince eût achevé de s'expliquer, lui paraissait plus digne, plus solennel... plus *grand seigneur.*

L'ex-comte de Fly quitta le fauteuil dans lequel il était assis, et dit, en saluant profondément et à deux reprises M. de Choisy et sa femme :

— Je viens, moi, Sigismond Guerf, Casimir, prince de Falckenberg, commandeur des ordres...

(Ici une longue énumération de titres et de qualités.)

Je viens vous demander la main de mademoiselle Esther de Choisy.

— Elle est à vous, cher prince, — s'écria le père au comble de la joie, en serrant dans ses bras son futur gendre avec enthousiasme ; — elle est à vous, et ce nous est un bien insigne honneur que de nous allier à votre illustre famille, — quoique, d'ailleurs, le nom que je porte, — reprit M. de Choisy au bout d'une seconde, — marche de pair avec tout ce qu'il y a de mieux placé dans le royaume.

— Ne pourrais-je point mettre aux pieds de cette chère enfant mes respectueux et tendres hommages ? — demanda M. de Falckenberg.

— Dans ce moment, elle est à Notre-Dame, où elle fait ses dévotions, — répondit madame de Choisy.

— Et puis, — ajouta le Normand, — elle n'est point encore prévenue du bonheur que nous lui destinons, et je crois qu'il serait convenable de l'y préparer peu à peu et par gradations insensibles... Vous savez comme sont les jeunes filles : ces choses-là leur font tant d'effet.

Le prince comprit cela à merveille ; on décida que l'entrevue serait remise à un autre jour, et la conversation continua.

Les plus beaux projets d'avenir furent successivement mis sur le tapis et discutés. M. de Falckenberg fit passer devant les yeux de son beau-père futur un étourdissant mirage de blasons, d'écussons, de manteaux d'hermine, de couronnes et de lambrequins. Il alla même jusqu'à se souvenir qu'il y avait, non loin de ses domaines de Pologne, un fort beau *margraviat* à vendre pour très-peu de chose, lequel margraviat, si M. de Choisy l'achetait, le rendrait immédiatement marquis (1).

(1) Le titre de *margrave* équivaut à celui de *marquis*.

Bref, les fumées de la vanité satisfaite et de l'orgueil excité grisèrent si bien et si complétement le vieux gentillâtre, qu'il finit par s'écrier dans un moment d'expansion :

— Et dire cependant, cher prince, que si je vous avais rencontré huit jours plus tard, rien de tout ceci ne pouvait avoir lieu !

— Pourquoi donc ? — demanda M. de Falckenberg.

— Parce que j'étais sur le point de marier Esther.

— Ah !

— Il y a trois ou quatre jours que sa main m'a été formellement demandée ; et, si je n'avais prévu dès lors la démarche que vous venez de faire auprès de moi, je l'aurais certainement accordée.

— Et quel était l'heureux mortel ? — fit le prince avec une nuance de dépit jaloux.

— Un jeune homme... notre allié d'ailleurs au cinquième degré ; excellente famille... mais quelle différence ?

— Vous le nommez ?.. — demanda l'ex-comte de Fly.

— Je ne sais si je dois...

— Pourquoi donc pas. Croyez-vous que je lui en veuille d'avoir échoué, quand je réussis. Je le plaindrai, et voilà tout.

— Au fait, vous avez raison, — dit M. de Choisy convaincu ; — c'est le comte Georges d'Entragues.

— Le comte Georges d'Entragues ! — dit le prince en pâlissant sous son rouge. — Le comte Georges d'Entragues ! — répéta-t-il avec un trouble croissant.

— Vous le connaissez ? — demanda M. de Choisy, étonné de cette émotion.

Le prince hésita pendant une seconde avant de répondre à la question qui lui était faite, et il employa ce temps à ramener son visage à l'état de calme qui lui était habituel, et à combiner la phrase qu'il allait prononcer, de manière à ne se point compromettre, et même à rester maître du terrain pour l'avenir.

— J'ai connu effectivement un comte d'Entragues, il y a quelques années; mais il est tout à fait impossible que ce soit le même.

— Pourquoi cela?

— Parce que vous n'auriez jamais pensé à accepter pour gendre un homme semblable à celui dont je vous parle.

— Vous savez donc des choses très-graves sur son compte?

— Excessivement graves.

— Ne pouvez-vous nous les dire?

— Non, quant à présent du moins. Plus tard, lorsque quelques informations que je ferai prendre auront éclairci mes doutes, je vous raconterai tout. Jusque-là, je vous demande avec instance de ne parler à qui que ce soit des paroles que je viens de prononcer.

— Je serai muet comme un poisson, — répondit M. de Choisy.

L'ex-comte de Fly se réservait, on le voit, la possibilité, soit de révéler les antécédents de Georges d'Entragues sans se compromettre lui-même, soit de mettre sur le compte d'une fortuite ressemblance de nom l'émotion et le trouble qu'il lui avait été impossible de cacher.

La conversation languit pendant quelques instants, et

le prince, se levant pour se retirer, dit à son futur beau-père :

— Nous sommes tout à fait d'accord, cher monsieur de Choisy, et il n'y a plus à régler entre nous que les forma-lités de contrat qui regardent votre notaire et le mien. Je vais, dès demain, partir pour la Pologne, où je dois aller chercher mes papiers de famille et mes titres de propriété. Au bout du temps strictement nécessaire pour le voyage, je viendrai vous rejoindre à votre château de Choisy, où vous comptez sans doute que le mariage sera célébré.

— Il ne peut pas l'être ailleurs, — répondit le Nor-mand, — puisque nous n'avons point d'établissement à Paris.

— A quelle époque avez-vous le projet de retourner dans vos terres ?

— Mais, le plus tôt possible ; mes rhumatismes me font souffrir, cela me fatigue beaucoup d'aller dans le monde, et je désire me soustraire, jusqu'à nouvel ordre, aux visites de M. d'Entragues, sur lequel vous m'avez mis martel en tête, et à qui je ne puis cependant fermer ma porte, puis-qu'il est mon parent. De tout cela, je conclus que madame de Choisy voudra bien faire demain ses apprêts de départ, et qu'après-demain matin nous nous mettrons en route.

— Voilà qui est à merveille, — dit le prince, enchanté de voir que tout marchait au gré de ses vœux. — Je me propose moi-même de voyager avec une vitesse prodi-gieuse, et de me trouver de retour en France dans un laps de temps fabuleusement court. Je m'arrêterai pendant quelques jours à Paris pour faire examiner toutes les pa-perasses d'usage au notaire que vous me désignerez, et pour que l'on mette sous mes yeux la dernière main à mes équipages. Je vous demanderai la permission de me faire précéder à Choisy par la corbeille de mariage, pour laquelle je tâcherai que rien ne soit oublié ; et j'irai mettre mon amour, mon nom et mes diamants de famille aux pieds de ma charmante fiancée.

Ce programme fut hautement approuvé par M. et madame de Choisy, et le gendre et le beau-père se séparèrent enchantés l'un de l'autre.

§

Le lendemain, dans la matinée, au moment où Georges d'Entragues allait sortir de chez lui, son domestique le prévint qu'un commissionnaire demandait à lui parler, se disant porteur d'un billet qu'il ne devait remettre qu'en mains propres.

Georges donna l'ordre qu'on fît entrer le commissionnaire, et reçut de lui une lettre sous enveloppe dont l'adresse était d'une écriture qu'il ne connaissait pas.

Il brisa l'enveloppe.

La lettre ne renfermait qu'un camélia desséché et ces quelques lignes :

« *On m'emmène, on va me marier à un homme que je déteste, à un vieillard qu'on appelle le prince de Falckenberg. Nous partons. Sauvez-moi !*

» Esther. »

— J'en étais sûr ! — s'écria M. d'Entragues, après avoir lu cette lettre ; — je l'avais deviné ! C'est à ce titre de *Prince* qu'on sacrifie à la fois Esther et mon avenir ! Cela ne peut pas être ! cela ne sera pas !

Et Georges, qui, la veille au soir, avait appris du prince Krakopouloff la demeure de M. de Falckenberg, courut à la rue de Richelieu, bien décidé à obtenir de gré ou de force que son heureux rival renonçât à la main d'Esther.

On lui répondit que, depuis vingt-quatre heures, le prince roulait vers la frontière.

Espérant rencontrer M. de Choisy et le faire revenir sur la résolution prise, il se fit conduire à l'*Hôtel des Ambassadeurs;* mais là aussi un départ avait eu lieu, et quatre chevaux de poste entraînaient sur la route de Granville la berline du vieux Normand.

X

Amour forcé

Georges s'assura dès le lendemain, que c'était bien du côté de la frontière d'Allemagne que s'était dirigé le prince de Falckenberg, et quoiqu'il devinât à peu près le motif de ce brusque départ, au moment d'un mariage conclu, il se reprit à espérer dans l'avenir.

En effet, d'un côté, tant que le *oui* fatal n'aurait pas été prononcé devant l'autel, mille événements pouvaient mettre d'invincibles obstacles à l'union projetée, et le prince, par son absence, lui laissait, quant à présent du moins, le champ libre.

D'un autre côté, Perdita, sans l'appui du général Carol, n'était point une ennemie à craindre, n'ayant personne pour la diriger, dans ses démarches, personne qui, par sa position, pût la soutenir et la protéger, et quand le général reviendrait à Paris, il serait temps d'aviser et de prendre un parti.

L'essentiel pour le moment était donc de conserver Jules de Nodêsmes dans sa dépendance absolue, et Georges résolut de retourner chez la duchesse.

Quand Danaë s'était retrouvée seule après sa première entrevue avec M. d'Entragues, une rage profonde et convulsive, une de ces colères impétueuses comme les ouragans des Antilles, était montée du cœur de la jeune femme à sa tête en fermentation : pendant plus d'une heure, enfermée dans son boudoir, elle avait étouffé ses cris sourds, ses exclamations entrecoupées, en mordant les oreillers de son divan, en lacérant son mouchoir de dentelles, en brisant sur le tapis et en foulant aux pieds les porcelaines précieuses qui garnissaient ses consoles et ses étagères.

— Moi, — se disait-elle, moi la duchesse de Sandoval ! moi, la fille d'un grand d'Espagne ; moi, dont un geste est un ordre, dont un mot est une loi, me voici plus humiliée, plus méprisée, plus foulée aux pieds, qu'alors que j'étais Danaë la courtisane de Genève ! Et cet homme ! cet homme à tel point infâme, que pour me courber devant lui, pour faire de moi son esclave, il ose se servir d'un secret acheté, d'un secret volé peut-être !

« Oh ! misère ! misère !

» Et contre cet homme je ne puis rien ! il est fort, il est puissant, il sait que quoi qu'il dise, quoi qu'il fasse, quoi qu'il commande, je devrai, comme devant Dieu, me taire et me soumettre !

» Malheureuse ! malheureuse femme que je suis ! »

Et Danaë tordait ses mains, elle pleurait, de ces larmes qui brûlent les paupières, qui flétrissent les joues, elle déchirait son peignoir de soie, pour donner de l'air à sa poitrine haletante, elle meurtrissait sa gorge aux contours si purs, elle froissait, elle tordait dans sa fureur les boucles magnifiques de ses longs cheveux d'or.

Tant il est vrai que toute faute traîne à sa suite, sinon un repentir, du moins une expiation ; tant il est vrai que bien souvent des douleurs amères, profondes, inconnues mais méritées, sont le ver rongeur, le fouet impitoyable, qui dévorent, qui déchirent des existences, toutes remplies de repos, de calme, de bonheur, aux yeux du monde.

La duchesse de Sandoval, la grande dame, la femme toute-puissante, inattaquée jusqu'alors, et crue inattaquable, se trouvait rivée soudainement à Danaë la courtisane, comme le forçat du bagne est rivé au boulet.

Mais peu à peu, cependant, la douleur s'évanouit en raison même de son intensité, les nerfs qu'aurait brisés une surexcitation plus longue, se détendirent tout à coup. Les larmes coulèrent plus faciles, plus abondantes, et la duchesse souriant en elle-même à l'espoir d'une lointaine vengeance, reprit son radieux visage et son regard doux et perfide.

Quelques jours se passèrent.

Sur ces entrefaites, le duc de Sandoval, appelé en Espagne, par des affaires de famille de la plus haute importance, partit et laissa sa jeune femme à Paris, momentanément libre, et par conséquent dans une position meilleure encore pour servir les projets de Georges.

C'est alors que le comte d'Entragues revint chez la duchesse.

Elle le reçut à merveille, et retrouva pour lui ces adorables coquetteries de poses et de manières qui la rendaient irrésistible, et qui jadis avaient tourné la tête et subjugué le cœur de lord William Stloobomby.

IV.   16

Peut-être espérait-elle vaguement jouer avec Georges d'Entragues le rôle mythologique de la syrène trompeuse qui attire et qui tue...

Nous ne saurions affirmer, qu'une pensée semblable lui fût venue, même pour un instant, mais, dans tous les cas, Georges avait un tel caractère et se trouvait dans une situation telle, qu'il était, qu'il devait être complétement inaccessible à toutes sortes de séductions.

— Avez-vous daigné, madame la duchesse, vous souvenir de notre dernier entretien? — demanda-t-il avec cette grâce hypocrite qui mettait à sa volonté de fer un masque de velours.

— Mais sans doute, — répondit Danaë.

— Ainsi, vous avez été assez parfaitement bonne pour vous faire présenter chez la princesse de Trêsmes-Carinan?

— Dès le lendemain du jour où vous m'en avez priée.

— Vous êtes adorable, madame la duchesse.

— Il paraît, — fit Danaë en riant, — que le moyen de se faire adorer de vous, c'est d'obéir à tous vos ordres!

— Obéir! — répéta Georges, — le mot est bien dur.

— Il a du moins, — reprit la duchesse, — le mérite d'être très-juste.

Georges n'insista pas davantage sur cette petite querelle d'expressions, car il crut remarquer dans un fugitif froncement des sourcils de la jeune femme, combien elle avait de peine à soumettre son esprit hautain à cette pensée de dépendance.

Il reprit:

— Serai-je assez heureux pour vous rencontrer ce soir, chez la princesse?

— Sans doute, mon projet est d'y aller en sortant des Italiens.

— Alors, madame la duchesse, puisque j'emporte l'espoir de vous retrouver aujourd'hui dans le monde, je vais avoir l'honneur de prendre congé de vous.

Le comte d'Entragues se levait; Danaë l'arrêta.

L'expression mobile des traits de la jeune femme avait subitement changé; une singulière résolution se peignait sur son visage, l'instant d'avant rieur et distrait.

— Un mot, monsieur le comte, dit-elle.

— Je suis à vos ordres, Madame.

— Vous voyez, — fit la duchesse d'une voix calme, quoique avec un imperceptible accent d'amertume, — vous voyez que je suis pour vous une bien docile esclave.

Georges s'inclina sans répondre.

— Tout ce que vous me demandez est accordé d'avance, j'espère que vous ne me refuserez pas de satisfaire une fantaisie.

— Je vous répondrai, madame la duchesse, comme un courtisan répondit à Louis XIV : *Si cela est possible c'est fait, si c'est impossible cela se fera.*

— Tout est possible, — dit Danaë, — et ce que je veux de vous est facile.

— J'attends, madame la duchesse.

— Il s'agit de répondre à une question...

— J'écoute.

— Jurez-moi d'abord, sur votre honneur de gentilhomme, que vous me direz la vérité, la vérité tout entière.

Georges hésita pendant un instant, mais il réfléchit bien vite, à l'instar de quelques-uns de nos hommes d'État, qu'un serment ne l'engageait à rien.

— Je le jure, — dit-il.

— Vous allez m'expliquer alors comment les mémoires de ma vie passée sont arrivés entre vos mains.

Georges ne vit aucun inconvénient à dire la vérité dans cette circonstance; il y trouvait au contraire l'avantage de se faire de la duchesse, par cette concession, une alliée plus sincère, et il lui raconta par quelle filière d'événements les papiers envoyés à Giorgione par elle, avaient passé de l'Italien à lord William Stloobomby, et des mains de ce dernier dans les siennes.

Seulement, comme on le pense bien, il dissimula la nature des rapports qui unissaient le jeune Anglais, simple chevalier du Lansquenet, à lui Georges d'Entragues, chef de l'ordre.

— Merci, — répondit Danaé, — je sais ce que je voulais savoir.

§

La princesse de Trêsmes-Cariman, qui ouvrait son salon une fois chaque semaine, était une vieille femme d'une humeur inégale et d'un caractère atrabilaire.

Les trois grandes pièces en enfilade, qui formaient ses appartements de réception au premier étage de l'un des plus beaux hôtels du faubourg Saint-Germain, avaient été magnifiquement décorés il y a un peu plus d'un siècle et demi, ceci était incontestable; mais comme depuis cette époque aucune espèce de réparations n'y avait été faite (malgré la colossale fortune des propriétaires), l'aspect de ces appartements était aussi triste et aussi sombre que celui de la maîtresse de la maison, invariablement vêtue d'une robe de soie puce, qui pouvait rivaliser avec la fameuse douillette carmélite de *mademoiselle de Maran*, le plus vivant des personnages créés par Eugène Sue.

Dans les salons de la princesse, le lansquenet, la bouillotte et le baccarat, étaient des jeux impitoyablement proscrits. Le boston, le reversi et le whist, à vingt sous la fiche, avaient seuls droits de cité.

Le cercle habituel était composé des plus osseuses douairières du noble faubourg, et d'une certaine quantité d'excellents gentilshommes, représentant les grandes fortunes et les grands noms de France.

A pei e si, de loin en loin, quelque jeune femme venait fourvoyer son frais visage et sa gracieuse toilette au milieu de ces catharres chroniques et de ces rhumatismes invétérés.

Il se fit donc un mouvement de surprise presque générale, quand, ce jour-là, sur les onze heures du soir, entra la duchesse de Sandoval, escortée d'un vieux grand seigneur espagnol, don Alvarez, y Panatellas, y Curaçao de Aranjuez, qui lui servait de *Sigisbé* depuis le départ de son mari.

Danaë était éblouissante.

Une robe de velours grenat, décolletée, servait de cadre aux formes merveilleuses de son corsage, et mettait en relief la souple élégance de sa taille.

Ses cheveux dorés flottaient en longues boucles autour de sa charmante tête, et leur brillante couronne n'avait d'autre ornement qu'une guirlande de roses blanches.

Elle ne portait que deux diamants, l'un à son bracelet, l'autre à la broche de son corsage.

Mais chacun de ses diamants valait cinquante mille écus.

Georges d'Entragues était arrivé depuis longtemps en compagnie du vicomte de Nodêsme, et, quand il vit la jeune femme, il se félicita de nouveau d'avoir choisi le salon de la princesse pour lieu de la première entrevue ; car la splendide beauté de la duchesse doublait de valeur au milieu de ce sombre entourage, de même que jamais une pierre précieuse n'acquiert plus d'éclat que lorsqu'on l'enchâsse dans une monture d'émail noir.

Danaë s'était imposé la tâche de conquérir la princesse. Ce n'était point une chose facile ; car madame de Trêsmes-Carignan, fort mécontente de voir son salon complétement abandonné par la jeunesse, en était arrivée à se persuader à elle-même que tout ce qui n'avait pas soixante ans bien sonnés, manquait d'usage, de tact, de politesse et de ce suprême savoir-vivre de la société d'autrefois.

Peut-être, dans certains cas, n'avait-elle pas tort, et nous sommes disposés à croire que les clubs, les cigares, l'anglomanie, les boudoirs faciles et à bon marché, ont singulièrement détérioré la génération actuelle, en donnant aux hommes un complet laisser-aller, et en accoutumant les femmes à tolérer ce laisser-aller ; seulement la princesse généralisait trop.

Et puis, quand quelque naïve jeune mariée venait, en entrant dans le monde, réclamer son éminent patronage, madame de Trêsmes-Carignan se vengeait sur elle, par une artillerie de sanglantes épigrammes, des griefs qu'elle avait à reprocher à la jeunesse tout entière ; et la pauvre victime était immolée en holocauste pour expier des fautes qu'elle n'avait point commises.

Certes, ce serait une chose curieuse et intéressante à raconter, que la manière dont la duchesse sut, pour s'en-

parer de l'inabordable douairière, déployer toutes les ressources de son brillant esprit, de son exquise intelligence,
et comment les subtiles roueries de sa nature de courtisane
lui vinrent en aide, plus d'une fois, pour subjuguer la
vieille femme la plus prude et la plus austère qui se soit
jamais effarouchée d'une expression un peu leste, après
avoir dévoré à dix-huit ans les romans de Crébillon fils.

Malheureusement, ici, comme à bien d'autres pages de
ce livre, pourtant si long, nous sommes obligés de sacrifier les détails, les tableaux de genre, l'étude des personnages et le fini des caractères, pour suivre, souvent malgré nous, l'action (ce fléau du roman moderne), l'action
qui marche et qui nous pousse.

Travaillez, pauvres écrivains! faites un chef-d'œuvre, si
vous pouvez! mettez au monde Clarisse Harlowe. Qui vous
lira? Quelques esprits d'élite, sans doute, quelques amis de
la vérité et de l'art; mais le public, le vrai public passera,
sans l'ouvrir, à côté du livre de génie, et votre éditeur
vous priera de lui faire autre chose, — autre chose comme
le Fils du Diable ou *les Chevaliers du Lansquenet!*

Or, avant la fin de la soirée, la duchesse de Sandoval
avait atte nt son but, et la douairière, enthousiasmée, lui
avait demandé la permission de lui présenter son parent,
le vicomte Jules de Nodêsmes, ce qui avait été fait.

Avons-nous besoin de dire que, ce soir-là même, l'ami
l'ami de Georges d'Entragues était aussi follement épris de
Danaë, que, peu de temps auparavant, il l'avait été de Mazagran, et que, au bout de huit jours, il était son amant?

Mais, à cette même époque, un événement fatal vint
mettre le deuil parmi les Chevaliers du Lansquenet, ré-
duits au nombre de onze.

Lord William Stloobomby fut trouvé mort dans son lit.

Les médecins attribuèrent cette catastrophe à un coup de sang.

Les médecins avaient peut-être raison ; mais nous sommes en mesure d'affirmer à nos lecteurs que lord William avait reçu, la veille (sans deviner de qui pouvait lui venir ce cadeau), une charmante boîte de chocolat ; et nous savons en outre que Mathea, la duègne italienne, ancienne camériste de Danaë, possédait et avait transmis à sa maîtresse la recette authentique du fameux poison des Borgia.

XI

Mazagran.

Le coup de sang prétendu de lord William de Stloo-bomby ne laissa pas que de faire réfléchir Georges d'Entragues, et de l'inquiéter quelque peu pour lui-même.

Il résolut donc d'éloigner Danaë provisoirement; et, pour cela faire, il suggéra à Jules (qui l'avait pris comme confident obligé de sa nouvelle passion), l'idée d'éprouver la tendresse que madame de Sandoval lui témoignait, en lui proposant d'aller cacher leur amour et leur bonheur dans son vieux château de Nodèsme, et de vivre là, pendant un mois ou deux, comme un couple de tendres ramiers.

Le vicomte, très-pastoral de sa nature, adopta cette idée avec enthousiasme, et se mit incontinent à rêver une amoureuse églogue; seulement il ne pouvait croire que la duchesse consentit à quitter Paris avant la fin de l'hiver, et à s'en aller, toute seule avec lui, braver, au fond de la Normandie, les giboulées de mars.

— Essayez toujours, — lui répondit M. d'Entragues, — une femme qui aime ne peut rien refuser à celui à qui elle s'est donnée tout entière.

Et, pour rendre ce consentement plus certain, Georges alla trouver Danaë, et lui dit ce que Jules désirait d'elle. — Danaë résista pour la première fois. M. d'Entragues prononça, sans les adoucir par de mielleuses circonlocutions, ces trois mots :

— Je le veux !

La scène fut orageuse; mais Georges devint menaçant, — La duchesse rongea son frein et céda.

Le lendemain, Jules partait, au comble du bonheur; et deux jours après, Danaë, voyageant seule pour sauver les apparences, se mettait en route pour aller le rejoindre.

En agissant ainsi, du reste, la duchesse ne se perdait point aux yeux du monde, comme on pourrait le supposer au premier abord. Elle était seule, elle était libre, elle ne devait compte de ses actions à personne. Les affaires de son mari, de plus en plus compliquées, prolongeaient indéfiniment son absence; et, à l'époque du retour, les prétextes ne devaient pas manquer à la jeune femme pour motiver sa disparition.

Et puis, d'ailleurs, et cette raison est la meilleure de toutes, en refusant d'obéir, elle se perdait bien mieux et bien plus sûrement encore que par une démarche, quelle qu'elle fût.

Enfin, outre le motif qui avait déterminé M. d'Entragues à exiger le départ de la duchesse avec Nodèsmes, il y avait encore dans l'esprit du comte un plan à peine ébauché, et dont ce départ était la base.

L'exécution de ce plan devait se trouver subordonné

aux circonstances à venir; et nous y reviendrons en son lieu.

Perdita, disons-le en passant, était toujours invisible et cachée.

Le général ne revenait point.

§

Un matin, Georges d'Entragues achevait sa toilette, lorsque le bruit de la sonnette de l'antichambre, fortement agitée, arriva jusqu'à lui.

Presque en même temps, son valet de chambre vint lui dire qu'il y avait là une dame qui demandait à lui parler.

— Qu'est-ce que c'est que cette dame? — fit Georges.

— Elle est jeune et jolie, Monsieur le comte, et elle prétend qu'elle est très-liée avec vous, — répondit le domestique. — Je lui ai demandé son nom, et elle m'a dit que ça ne me regardait pas.

Georges, conjecturant qu'il n'y avait pas de grandes cérémonies à faire avec une femme qui arrivait aussi cavalièrement chez un jeune homme, à dix heures du matin, passa rapidement sa robe de chambre, et ouvrit la porte du salon où la visiteuse attendait.

Cette dernière sauta au cou de Georges avec une prestesse de chatte, et l'embrassa avec effusion, en disant :

— Eh oui! c'est moi, c'est bien moi !

— Mazagran ! — s'écria le jeune homme.

— Tout ce qu'il y a de plus Mazagran au monde!

C'était bien, en effet, la jolie fille de la rue Saint-Georges, la jolie veuve de la place Ventadour.

C'était toujours cette figure fraîche, piquante et chif-
fonnée, ce petit nez coquet, ces yeux éblouissants, ces
longs et doux cheveux châtains.

C'était toujours la joyeuse et folle enfant.

Mais ce n'était plus la fringante lorette, la lorette aux
douze robes de soie, aux chapeaux coquets, aux écharpes
merveilleuses, au petit coupé, au griffon, au King's-Charles
et au joli caniche blanc, frisé et moutonné, avec son collier de rubans roses.

On voyait que la *débine* avait passé par là.

La capote de Mazagran témoignait des fatigues d'un long
voyage; le châle qu'elle drapait sur ses épaules avec sa
grâce accoutumée, était un odieux tartan dont Fifine, sa
sa camériste d'autrefois, eût rougi de s'envelopper.

Sa robe de damas était frippée, souillée, effrangée par
en bas, luisante et usée aux coudes.

Enfin, suprême misère, ses jolies petites mains blanches
s'abritaient dans d'ignobles gants d'épicier, des gants en
poils de lapin !

Georges embrassa tous ces détails d'un coup d'œil.

— Le diable m'emporte, — dit-il enfin, — si je m'attendais à vous voir !

— Et moi donc ! — repliqua la jeune femme, — est-ce
que tu te figures, par hasard, que je m'attendais à venir ?

— Je vous croyais au fond de la Russie.

— J'en arrive.

— Toute prête à charmer les boyards...

— Hélas !

— A moissonner des roubles...

— Vanité des vanités !

— Et à conquérir l'*autocrate*, comme vous me l'avez écrit.

— Illusion, mon cher.

— Enfin, que vous est-il arrivé ?

Mazagran prit une pose sentimentale, leva les yeux vers le plafond, et répondit d'une voix dolente :

— Trompée, mon pauvre ami, flouée, abandonnée!

— Ainsi, c' jeune... artiste...

— Un odieux cabotin !

— Ah bah !

— Qui a abusé de mon innocence!

— Allons donc ! — interrompit Georges ironiquement, — est-ce possible ?

— Mais sans doute.

— Votre innocence, Mazagran !

— Mon innocence... de cœur. Le gredin m'a amadouée par un tas de calembredaines ; je me suis persuadée que je l'adorais, j'ai vendu mes meubles, nous sommes partis...

— Et après?

Après, il a pris le magot, il a *lavé* * mes robes, mes bijoux, enfin tout! et m'a laissée *en plan* avec dix francs dans ma poche et mes yeux pour pleurer, à je ne sais pas combien de centaines de lieues de Paris.

— Qu'avez-vous fait, alors?

— J'ai commencé par ne pas pleurer, vu qu'il n'y a rien qui abîme les yeux comme ça; et je me suis mise à chercher fortune...

— Que vous n'avez pas trouvée...

* *Lavé*, vendre.

— Comme tu vois. A propos, dis donc, Georges, il n'y a pas de princes russes en Russie!

— Ah! ah! Où sont-ils donc?

— A Paris, tous! Donc, voyant que le boyard riche et bon enfant était un personnage apocryphe, je me suis décidée à aller chez deux anciennes connaissances à moi, Page, du Vaudeville, et Esther, des Variétés. Elles se sont très-bien rappelé que nous avions soupé pas mal de fois ensemble au Café Anglais et à la Maison d'Or; elles m'ont prêté l'argent qu'il me fallait pour revenir, et me voici.

— Les voyages forment la jeunesse! — dit sentencieusement M. d'Entragues, après avoir écouté la courte *Énéide* de Mazagran.

— Je ne sais pas ce qu'ils forment, — répliqua la jeune femme, — mais ils déforment terriblement les bottines!

— Et, ce disant, la pauvre petite montrait à Georges son pied mignon beaucoup trop à l'aise dans un brodequin tout crevassé et complétement avachi.

M. d'Entragues ne répondit pas, et Mazagran, qui, dans sa vivacité pétulante, ne s'était point encore aperçue de l'extrême froideur du jeune homme, lui demanda :

— As-tu déjeuné?

— Non. Pourquoi?

— Parce que je te prierais de nous faire apporter n'importe quoi par ton domestique. Je meurs de faim.

Georges donna l'ordre de servir à la jeune femme quelques viandes froides et du pâté; et, pendant un instant, elle ne fut occupée qu'à faire disparaître avec une rapidité vraiment fabuleuse tout ce qu'on avait placé devant elle.

— Ah çà! mon petit Georges, — dit-elle, après avoir satisfait son appétit, et en reposant sa fourchette sur son assiette, — ah çà! mon petit Georges, nous n'avons pas encore parlé de la chose du monde qui m'intéresse le plus en ce moment...

— De quoi s'agit-il? — demanda M. d'Entragues.

— Tu ne devines pas?

— Non, ma foi!

— Il s'agit de mon vicomte.

— Quel vicomte? — fit Georges d'un air parfaitement étranger à ce dont il était question.

Mazagran lui jeta un coup-d'œil de côté, et partit d'un éclat de rire.

— Tu plaisantes? — dit-elle.

— Moi!

— Oui.

— Est-ce que je vous parais bien plaisant, ma chère? Regardez-moi mieux, je vous prie.

La jeune femme commençait à s'étonner de l'air grave et des brèves réponses de son interlocuteur; cependant, persistant à envisager la situation sous le point de vue comique, elle reprit:

— Eh bien! puisqu'il faut te mettre les points sur les *i*, je parle de Jules, de mon Jules, de Jules de Nodêsmes! Est-ce clair, cela?

Et Mazagran chanta, en jetant sa serviette en l'air:

Rendez-moi mon vicomte
Ou laissez-moi m'périr!

— Ma chère fille, — dit Georges d'un ton sévère, qui éteignit tout aussitôt la gaieté de la jeune femme, vous êtes en ce moment tout à fait en dehors de la vérité.

— Comment cela?... — demanda Mazagran inquiète.

— Je connais M. de Nodêsmes, un fort aimable et très-charmant garçon ; mais vous n'avez jamais été sa maîtresse.

— Ah ! par exemple, voilà du nouveau !

— M. de Nodêsmes, à la vérité, s'est vivement épris d'une jeune femme qui demeurait place Ventadour, qui était veuve et qui s'appelait, si je ne me trompe, madame Lambertini ; mais qu'y a-t-il de commun, je vous prie, entre cette jeune femme et vous ?

Ce paradoxe, débité avec une gravité imperturbable, déconcerta à un tel point Mazagran, que, dans le premier moment, elle ne trouva rien à répondre.

— Cette madame Lambertini, — continua d'Entragues, — avait, certes, en mon ami Nodêsmes, le phénix des *amants utiles* passés, présents et à venir. Il était joli garçon, jeune, riche, naïf et d'un caractère à se laisser conduire à tout, même à un mariage, par une femme qui l'aurait pris adroitement.

— Ça, c'est vrai ! — fit, à demi-voix et d'un air contrit, Mazagran se parlant à elle-même.

— Eh bien ! au lieu de profiter de son bonheur, — reprit le jeune homme, — savez-vous ce que fit cette madame Lambertini ? Non. Et vous, qui êtes une fille d'esprit, vous ne pourrez point comprendre une semblable sottise...

Georges s'interrompit ; Mazagran baissait la tête.

— Elle s'est éprise d'une stupide passion pour un saltimbanque sans emploi ; elle est partie comme l'hirondelle, mais, comme l'hirondelle, elle n'a pas eu la prévoyance de se préparer un nid pour le retour.

Mazagran n'osait ni répondre, ni regarder Georges.

Ce dernier continua :

— Vous êtes de mon avis, n'est-ce pas, mon enfant? et vous pensez, ainsi que moi, que, quoi qu'il puisse désormais arriver de triste à cette femme, elle n'aura même point le droit de se plaindre, car elle aura tout mérité!

Georges se tut, et Mazagran murmura d'une voix humble :

— Il ne m'aime donc plus?

— Lui!.. — répondit Georges. — Depuis huit jours, il a quitté Paris avec une autre femme!

Deux grosses larmes roulèrent sous la paupière satinée d'Adèle.

En apprenant qu'entre elle et le vicomte tout était irrévocablement fini, il lui sembla qu'elle avait aimé Jules, il lui sembla qu'elle l'aimait encore.

Elle oublia soudain combien le naïf vicomte lui semblait jadis ennuyeux; elle ne se souvint que des doux mots d'amour qu'il lui disait tout bas, et avec cet accent du cœur que n'ont plus les amants de Paris.

Georges vit ces deux larmes et n'en fut point ému.

Mazagran lui avait fait défaut, alors qu'il la regardait comme utile au succès de ses projets; il ne lui pardonnait point cette défection.

— Que vais-je devenir? — murmura la jeune femme.

— Cela ne me regarde en rien, — répondit M. d'Entragues.

— Mais je n'ai pas d'asile...

— Qu'y puis-je faire?

— Pas de ressources, pas de vêtements...

— Vous en chercherez, il vous reste des amies sans doute. Adressez-vous à elles.

— Avec ça, — répliqua Mazagran, — avec ça qu'elles

vous reçoivent bien, les amies, quand elles vous voient dans la *panne !*

— Il fallait penser à tout cela plutôt.

— Mon Dieu! — s'écria la jeune femme en fondant en larmes, — mon Dieu! que je suis malheureuse!!!

— Écoutez, — fit Georges en fouillant dans sa poche, je ne veux pas qu'il soit dit que vous ne saurez aujourd'hui, ni ou dîner, ni ou coucher.

Et prenant un napoléon, il le tendit à Mazagran.

Celle-ci reçut la pièce d'or, du bout de ses doigts, la regarda et releva la tête.

Une vive rougeur colorait ses joues et son front, de chacun de ses yeux jaillissait un éclair.

— Dit s donc, — monsieur d'Entragues, s'écria-t-elle d'une voix vibrante, — est-ce que vous me prenez pour une *fille* ou pour une me diante, que vous me donnez vingt francs, en me mettant à la porte! Je croyais être ici chez un ami à qui je pouvais demander un service. C'est comme ça que vous le prenez! Vous me faites l'aumône! merci!!! Tenez, voici le cas que j'en fais de votre argent...

Et la lorette joignant le geste à la parole, lança au hasard la pièce d'or, qui s'en fut en sifflant, briser une des glaces du salon.

La colère de Mazagran suivait en ce moment une marche progressive, et elle ajouta aussitôt avec un redoublement d'énergie:

— Vous m'avez fait donner à manger tout-à l'heure, eh bien! je ne veux pas plus de votre déjeûner q e de votre aumône, et comme je ne puis pas vous le rendre, je vais vous le payer!

Et tirant de sa poche un écu de cinq francs, (le seul qu'elle possédât), elle le jeta par terre aux pieds de Georges, en disant avec une mordante ironie : — le reste est pour le garçon.

Puis elle sortit, fermant derrière elle les portes assez violemment pour les briser.

§

Au moment où Mazagran franchissait la porte cochère qui menait de la maison de Georges à la rue Saint-Lazare, elle se croisa avec un jeune homme qui se retourna pour la mieux voir, fut frappé de son charmant visage, de sa gracieuse tournure, et se mit à la suivre au lieu de monter chez M. d'Entragues, comme il en avait d'abord l'intention.

Ce jeune homme était le comte Abel.

XII

Le général Carol.

Certes, les romanciers ont de grands priviléges, c'est pour eux, sans contredit, que fut créé l'anneau de Gygès ou la canne de M. de Balzac, ces deux miraculeux talismans qui leur permettent d'assister invisibles à tout ce que des murs épais, ou de discrètes alcôves cachent aux regards curieux du monde.

Pour les romanciers, l'hyppogriffe chantée par l'Arioste ouvre ses larges ailes, et les emporte, coursier docile, dans le royaume de la fantaisie.

Tout leur est permis, pourvu qu'ils amusent; le possible et le fantastique, la vie réelle et les contes merveilleux, voilà leur domaine; il est vaste, il est immense, il est sans bornes.

Mais sans cesse, à côté de leur char orgueilleux, marche l'esclave qui leur crie, comme aux triomphateurs romains :

« *Prends garde de tomber, César !*

Ceci veut dire en prose plus humble qu'un tout petit

caillou placé dans le moyeu d'une roue empêche la voiture d'avancer, ou, tout simplement, que nous ne savons
comment entamer le chapitre dont nous venons d'écrire
le titre.

Or voici ce qui nous arrête.

« *Un matin Georges d'Entragues achevait sa toilette* (disions nous, *au commencement du chapitre précédent),
lorsque le bruit de la sonnette de l'antichambre, fortement
agitée, arriva jusqu'à lui.* »

Et précisément nous avons en ce moment la même chose
à répéter ; et nous ne pouvons trouver des termes qui ne
soient point les mêmes pour exprimer une situation identiquement semblable.

Avec cette différence cependant, qu'en entrant dans son
salon, Georges au lieu d'y rencontrer Mazagran, se trouva
face à face avec le général Carol.

La figure de ce dernier exprimait une joie et une émotion profonde, il était encore en costume de voyage et tenait une lettre toute ouverte.

Il courut au devant de Georges, lui prit les deux mains,
et les lui serra avec expansion.

— Eh bien ? — demanda vivement M. d'Entragues.

— J'arrive.

— Et... savez-vous... quelque chose ?

— Oui.

— Vous l'avez retrouvée ?

— Oui.

— Là-bas ?

— Non, ici.

— Vous l'avez vue ?

— Pas encore.

— Cher général, — dit M. d'Entragues avec un sourire qui dissimulait son trouble, — permettez-moi de vous féliciter d'abord, puis de vous demander comme on chante à l'Opéra-Comique :

       « Quel est donc ce mystère?

— Écoutez, — répondit M. Carol, — je vais tout vous dire, car vous m'avez témoigné une sympathie trop vive, et vous vous êtes mis trop généreusement à ma disposition, pour que vous ne soyez pas le premier instruit de ce qui peut m'arriver d'heureux; mais je serai bref, car elle m'attend, et j'ai hâte de la voir !...

— Je comprends ceci, général, et je vous écoute avidement.

— D'abord, nous avons couru tous les deux sur une fausse piste...

— Comment cela ?

— Je suivais en Italie un couple voyageur qui m'échappait toujours, et fuyait devant moi quand j'allais l'atteindre, insaisissable et inabordable, comme les feux follets des marais Pontins...

— Et ce couple?...

— C'étaient deux amoureux, mais ce n'étaient pas ceux que je cherchais, ceux que je croyais trouver...

— Quel hasard étrange!

— Jugez de ce que je dus éprouver en voyant enfin, dételée à la porte d'un hôtellerie voisine de Venise, cette chaise de poste maudite, que partout je manquais d'une heure, à ce que me disaient du moins les aubergistes et les postillons. Je saute à bas de ma voiture, je viole la consigne qui, sous la forme d'un gros homme en tablier blanc, me barrait la porte des voyageurs; je renverse l'homme, j'enfonce la porte et je vois...

— Vous voyez?

— Un jeune gentleman du boulevard de Gand, parlant de fort près et d'une façon très tendre à Mademoiselle ***, la jolie actrice du Vaudeville, que nous connaissons tous!

— Prodigieux! fit Georges, ne pouvant s'empêcher de rire.

— Le pauvre garçon aussi intempestivement dérangé, m'apostropha d'une façon fort vive; je fais des excuses qui ne sont point admises, et me voilà forcé de me couper la gorge avec M. le vicomte de ***, qui ne veut pas faire la part des motifs très graves, mis en avant par moi pour justifier tant soit peu ma violation de domicile!

— Vous vous êtes battus?

— Mon Dieu oui, à mon corps défendant; il en a été quitte pour une très légère égratignure au poignet droit, et nous sommes aujourd'hui les meilleurs amis du monde.

— Et ensuite?

— Ensuite, n'ayant plus aucun espoir de retrouver en Italie celle que je cherchais, puisqu'il y avait tout lieu de supposer qu'elle n'y était jamais venue, je repris plus découragé et plus triste que jamais le chemin de Paris, et j'arrivais ce matin, me disant que dès aujourd'hui je m'adresserais à la police, quand il y a cinq minutes, au moment où ma voiture entrait dans la cour, mon domestique me remit une lettre qui m'attendait depuis longtemps, une lettre de Perdita...

— Une lettre de Perdita! répéta Georges — Que vous dit-elle? où était-elle, et que lui est-il donc arrivé?

— Lisez, mon ami, — répondit le général en tendant à Georges le billet de la jeune femme.

Georges saisit la lettre et dévora les lignes suivantes :

« Je suis sauvée, mon ami !

» Je viens d'échapper par un miracle au piège le plus odieux dans lequel une femme ait pu jamais se laisser entraîner.

» J'étais prisonnière, isolée du monde entier, seule avec des êtres ignobles, et cela à cent pas de Paris à peine !

» J'ai bien souffert, allez! Mais aujourd'hui je suis libre, et je n'ai plus qu'une pensée, qu'un tourment !

» Où êtes-vous? qu'a-t-on fait de vous?

» Pourquoi vous êtes-vous éloigné le lendemain du jour où j'avais disparu?

» Vous avait-on donc, vous aussi, attiré dans quelque piège?

» Cet homme que je ne connais pas, cet homme qui, dans un but que je ne puis deviner m'a séparée de vous, n'a-t-il pas quelque étrange intérêt qui le pousse à vous perdre?

» J'ai peur pour vous. Je donnerais bien des années de ma vie, de ma jeunesse, pour vous voir, pour savoir du moins que vous êtes en sûreté, que nul danger ne vous menace.

» Quand vous verrai-je, mon Dieu? quand me rassurerez-vous par votre présence?

» Je me cache, car je tremble que mon persécuteur ne s'acharne de nouveau sur moi, s'il parvenait à découvrir où je me suis réfugiée.

» Je me cache, chez moi, au fond de mon appartement, et personne, pas même les gens de ma maison, ne se doute que je suis revenue.

» Venez donc, venez à l'instant même où cette lettre vous

sera remise, car je ne renaîtrai à la vie, au bonheur, que quand vous serez près de moi.

» Je vous attends, je vous espère et je vous aime.

« PERDITA. »

P. S. J'ai bien souffert, je vous le disais, il n'y a qu'un instant, et pourtant, cela est à peine croyable, je n'ai à me plaindre d'aucune violence, ni de ces hommes qui me gardaient, ni du misérable qui m'avait fait enlever. »

— Que dites-vous de cela? — demanda le général, lorsque Georges lui rendit la lettre de la jeune femme, après l'avoir achevée; — ne se croirait-on pas transporté dans la sombre intrigue du plus mystérieux des romans d'Anne Radcliffe!

— Cela est étrange, en effet, général, bien étrange!

— Je vous quitte. Je cours auprès de cette pauvre enfant, et ce soir, si vous voulez bien me donner rendez-vous, je vous raconterai tout ce que je vais apprendre par elle.

— Je suis à vos ordres, général. Je passerai ici toute la soirée à vous attendre, et je vous jure que votre récit m'intéressera au plus haut point.

M. Carol échangea avec son perfide ami une dernière poignée de main, et s'éloigna rapidement pour gagner la rue de Provence.

— Que va-t-il arriver? — se dit M. d'Entragues après le départ du général, — et comment échapper à la terrible position que je me suis créée? Demain, je n'en puis douter, la justice sera saisie de cette affaire... On finira par mettre la main sur l'un des trois misérables dont j'ai fait mes complices, et quoiqu'ils ne me connaissent point, du moins

sous mon nom véritable, on parviendra, grâce à l'infernale habileté de la police, à remonter jusqu'à moi! Et
alors... alors c'est le bagne!!

« Et tout cela par ma faute! oui, par ma faute!... Je ne
devais point hésiter; cette femme me gênait!... vivante
elle pouvait me perdre; morte, elle n'était plus à craindre!
Morte! mais c'est ma sœur! qu'importe! je ne la connais
pas, je ne pouvais l'aimer! enfin, il n'est plus temps!

» Que faire? qui me sauvera? Quel démon pourra m'inspirer et venir à mon aide? »

En ce moment on remit à M. d'Entragues une lettre
timbrée de Paris, et portant au-dessous de la suscription
ces deux mots écrits à l'encre rouge et deux fois soulignés:

Très pressée!

Et plus bas en caractères encore plus gros:

EXCESSIVEMENT PRESSÉE.

Georges ne connaissait pas l'écriture, il rompit le cachet et lut ce qui suit:

« Mon pauvre cher vieux... »

Georges tourna le feuillet et courut à la signature.

La lettre était signée:

CLOVIS BISBILLE.

XIII

Clovis.

« Mon pauvre cher vieux... »

Ainsi commençait, avons nous dit, la lettre de l'ancien professeur de mélophone.

— Que diable peut-il avoir à m'écrire ? — se demanda M. d'Entragues avec impatience ; et il fut au moment de jeter loin de lui cet intempestif chiffon de papier qui venait l'interrompre au milieu de ses sombres et graves préoccupations.

Cependant il se ravisa et continua sa lecture :

« Je suis dans le pétrin, j'y suis jusqu'au cou, c'est-à-dire depuis la semelle de mes ex-bottes vernies, jusqu'à l'extrémité de ce que mon coiffeur (quand j'en ai un) appelle des *Tubes capillaires*, inclusivement.

« Au reste (ne pas lire *Oreste*, quoique dans la position où je me trouve j'éprouve le besoin de rencontrer en toi, mon *Pylade*), au reste, je m'y attendais, mais voici comment la chose est arrivée :

« Hier, ou moment où l'*Aurore aux doigts de rose entr'ouvrait les portes du matin*, du moins à ce que préten-
dent les académiciens et les éventails, je dormais de ce
sommeil calme et profond, que la Providence dans sa fantaisie originale refuse aux banquiers et accorde aux bohê-
mes les plus panés, je rêvais que ma mansarde au septième
au-dessus de trois entre-sols, était la caverne éblouissante de l'île de Monte-Cristo, et que ma portière, méta-
morphosée pour le quart-d'heure en houri de Mahomet,
et vêtue comme les nymphes de l'Opéra (sauf le maillot),
me présentait un demi-litre d'ambroisie dans une coupe de
plaqué inoxidable, quand je fus tiré de ma voluptueuse
vision par un bruit étranger et incongru.

« Je me réveille, j'ouvre un œil, puis l'autre, et j'entends
très-distinctement qu'on frappait à ma porte.

— Toc, toc, toc!

— Qui est là? — criai-je d'une voix de Stentor.

— Monsieur Clovis Bisbille, — s'il vous plaît? — demanda un organe insinuant.

— C'est ici.

— Professeur de mélophone, musicien distingué?

— C'est moi. Donnez-vous la peine d'entrer.

— Donnez-vous la peine d'ouvrir.

— Je suis couché. Qu'est-ce qu'il y a pour votre service?

— Je viens pour des leçons de votre instrument.

« Je n'en demandai pas davantage : je sautai à bas de
mon lit, j'ouvris la porte, et je me replongeai vivement
entre mes draps, car, vu l'absence de tout calorifère, il
faisait froid dans la mansarde à geler le contenu des pots
à eau et autres vases.

» Je regardai l'individu qui entrait chez moi, et tu dois bien penser que je stéréotypai sur mes lèvres ce sourire bénévole et enchanteur, bien mérité sans contredit par tous les amateurs d'harmonie.

» Cet individu était un grand gaillard, tout de noir habillé, avec une figure carrée et sale, de grosses mains carrées et sales, et de larges pieds, également carrés, et qui devaient être également sales.

— Monsieur, — lui dis-je, quoique assez déconcerté par ce physique, — veuillez fermer la porte, et donnez-vous la peine de vous asseoir; nous allons causer de notre petite affaire, et je vous assure que je n'ai pas de prétentions exagérées.

« Cette phrase, assez bien tournée selon moi, fut prononcée avec une voix de soprano veloutée et engageante.

— Ce n'est pas la peine de fermer la porte, — me répondit le grand gaillard, j'ai là mes hommes.

« Cette expression : *mes hommes*, me fit involontairement tressaillir et me donna la chair de poule (chair qu'on remarque également d'ailleurs sur les oies, canards, dindons, et autres bipèdes emplumés).

» Je me retournai, et j'entrevis dans la pénombre de l'escalier, grouiller trois ou quatre figures ignobles.

— Sac-à-papier! — m'écriai-je aussitôt, — je suis *fumé*!

— Je viens vous demander de l'argent, — me dit le grand gaillard.

— Vous venez mal à propos, mon bonhomme, — lui répliquai-je en reprenant mon aplomb.

— Et pourquoi ça?

— Parce que j'en manque.

— Alors nous allons monter *là-haut*.

— D'abord, qui êtes-vous, et qu'est-ce que vous réclamez?

— Moi Rigobert, Maclou, Médard, Enserin...

— Déguisé en serin? — interrompis-je.

— Officier, garde du commerce, — reprit-il avec dignité, — je vous réclame la somme de neuf cent quatre-vingt-dix-neuf francs, quatre-vingt-dix-neuf centimes, que vous avez été condamné à payer, par jugement du tribunal de Commerce, en date du... jugement obtenu à la requête du sieur Salomon David, négociant patenté de première classe, et faute par vous d'obtempérer sur l'heure audit jugement, bien et dûment signifié, je tire de ma poche l'insigne caractéristique de ma charge en forme de baguette...

— C'est-à-dire que vous ne tirez rien du tout! — m'écriai-je.

« Il tira sa baguette et il poursuivit :

— Et je vous appréhende au corps, requérant au nom de la loi, tout bon citoyen de me prêter main-forte si besoin en est. Sur ce, dépêchez-vous, le juge de paix attend dans le fiacre.

C'est bon! Je vais m'habiller; mais fermez la porte, ça n'est pas la peine que vos recors assistent à ma toilette.

— Mes recors! — s'écria Enserin, rouge de colère, — dites donc M. l'artiste, est-ce que le mot de *praticien* vous écorcherait la bouche?

Je lui ris au nez, et je répondis :

— Ça m'est bien égal d'appeler *praticiens* vos *recors*, je les appellerais même *argousins* ou *gardes chiourmes*, ou *mouchards*, si vous le désirez le moins du monde, mais fermez la porte.

— Non pas! vous trouveriez peut-être moyen de filer, et je perdrais le *benef* de l'*occase* (1) que j'ai eue d'avoir la clientèle de Salomon, qui a lâché mon collègue Boudoux, parce qu'il ne pouvait pas vous *arquepincer*.

» Force me fut de m'habiller la porte ouverte, ce qui eut été menaçant pour la pudeur de mes voisines, si le hasard n'avait voulu que je n'eusse que des voisins. »

« On m'emballe dans le sapin, et une demi-heure après je faisais partie intégrante de ce bocal de cornichons, qui enclot ses *cucurbitacés,* rue de Clichy, 68. »

« C'est de là que je t'écris, mon pauvre cher vieux, ayant appris ton adresse par hasard d'un de mes compagnons de malheur.

« Je suis non moins infortuné que les petits cailloux des grandes routes, et je m'ennuie à périr, quoique je me sois lié tout de suite avec un monsieur blond, à lunettes, très-bien couvert, robe de chambre de velours de coton grenat et bonnet grec. Il est affreux, mais il a une très belle position dans le monde (à ce qu'il dit), en qualité de fondateur, directeur-gérant de la Compagnie d'assurance LA SEMPITERNELLE, laquelle par parenthèse, ne s'est pas montrée *maternelle* pour lui, puisqu'elle l'a envoyé à Clichy.

» Il est stupide, mais c'est un homme bien aimable, il m'a emprunté mes derniers cent sous tout à l'heure, mais c'est pour pouvoir m'offrir un cigare et une demi-tasse.

» Il a eu l'occasion de se rencontrer avec toi, une fois,

(1) *Bénéfice de l'occasion.* — Le garde du commerce dans l'intimité et avec ses *recors* parle généralement argot. — Il trouve ce langage distingué, et puis ça le dispense de savoir le français.

dans l'établissement philantropique et osanore du passage de l'Opéra.

» Mais ce n'est pas de tout cela qu'il est question, il s'agit de savoir si tu veux faire quelque chose pour un ami d'enfance, pour un camarade de collége.

» Tu es riche, je suis pauvre. Si c'était le contraire, je te tirerais de là ; fais pour moi, ce que je ferais pour toi !

Mille francs, c'est si peu ! et deux ans de prison, c'est si long ! j'ai tant besoin d'air, de liberté, de flânerie...

» Et puis j'ai tant envie d'assommer Salomon !

» Sauve-moi, mon ami, je n'ai d'espoir qu'en toi et je t'attends !

CLOVIS.

— Il est fou ! — s'écria Georges après avoir achevé sa lecture. — J'ai bien assez de mes affaires sans m'occuper de celles des autres !

Et il jeta la lettre de Clovis dans un coin.

— Et puis, — continua M. d'Entragues se parlant à lui-même, — et puis, comme c'est honorable de venir en aide à un ami comme celui-là ; un homme qui a fait tous les métiers, qui a été comédien, maître d'armes...

Georges s'arrêta.

— Maître d'armes ! — répéta-t-il ! — mais alors je suis sauvé ! j'ai trouvé ce qu'il me fallait ! voilà l'homme qui me débarrassera du général Carol !

Et sans réfléchir davantage, M. d'Entragues mit quelques billets de banque dans son portefeuille, sortit de chez lui, sauta dans un cabriolet, et se fit conduire rue de Clichy (1).

(1) Nous rappelons à nos lecteurs que tout ceci a été écrit en 1847, et publié à la même époque.

Il fut reçu avec la plus bienveillante politesse, par le greffier, M. l'Éveillé, dont la figure devint radieuse, en apprenant qu'il s'agissait de la mise en liberté d'un détenu.

Il est bon de dire ici que M. l'Éveillé s'intéresse d'une façon vraiment paternelle à tous les prisonniers confiés à sa garde, et qu'il est aussi joyeux d'une sortie, qu'attristé d'une arrestation.

La suite de notre récit, du reste, nous ramènera forcément à la maison de la dette, et nous entrerons alors dans de plus amples détails sur ce *Mont-de-Piété humain* qu'on appelle Clichy, sur ses habitants, et sur ses directeurs.

Contentons-nous d'ajouter, quant à présent, que M. l'Éveillé dame le pion, en fait de calembours et de jeux de mots, à toutes les célébrités du genre, y compris le proverbial marquis de Bièvre.

La somme pour laquelle était écroué Clovis Bisbille, fut payée par Georges, et le greffier donna l'ordre d'aller dire au professeur de mélophone, qu'on le demandait au greffe, voulant laisser à M. d'Entragues, le plaisir d'annoncer lui-même cette bonne nouvelle à son ami.

Clovis se faisant attendre, la conversation s'engagea. M. l'Éveillé parla de l'extrême assujettissement qui lui était imposé par ses fonctions, et du dimanche, son seul jour de liberté, habituellement consacré par lui à la chasse.

Précisément, le dimanche précédent, il avait été heureux, et voici dans quels termes il raconta son excursion à M. d'Entragues :

— Le samedi, Monsieur, j'avais eu un plaisir et un chagrin : un plaisir parce qu'on était venu lever l'écrou d'un de mes prisonniers, un nègre, Monsieur, un bien beau nè-

gre, un *nègre fin*, mais le même jour, on m'avait enlevé
un détenu, lequel accusé de banqueroute frauduleuse s'en
allait faire un *Tour de Force*, ceci m'avait vivement cha-
griné; je partis le dimanche matin avec un de mes amis
pour les bois de Ville-d'Avray, et une fois en chasse, mon
ami paria qu'il ferait un plus beau coup de fusil que moi,
j'accepte le pari : un lièvre part, je lui montre en lui disant : Tirez! il tire, et manque, — je vais faire un coup
de *roi*, m'écriai-je, et je mets en joue le lièvre qui traver-
sait un champ de *trèfle*, l'animal témoignait de son manque de *cœur* par sa course rapide, je fais feu, il roule sur
le *carreau*, et je lui dis en le relevant par les oreilles :
qui s'y frotte s'y *pique*, mon gaillard, tu as reçu là, un fameux *atout!* — **Je suis votre *valet!*** — s'écria mon ami
s'avouant vaincu, — et je répliquai en mettant le gibier
dans ma carnassière : — ce sera pour ma *dame*.

Au moment où M. l'Éveillé terminait ce récit, Clovis
Bisbile entra au greffe.

Il aperçut Georges et courut à lui.

— Et ton chapeau? demanda ce dernier.

— Mon chapeau! — fit Clovis étonné.

— Est-ce que tu comptes t'en aller tête nue?

— M'en aller...

— Eh! sans doute! avec moi.

Clovis n'en pouvait croire ses oreilles.

— Vous êtes libre, — dit alors M. l'Éveillé, — tout est
payé, vous pouvez partir.

— Ah! vertuchou! ventre de biche! palsambleu! mau-
grebleu! nom d'un petit bon homme d'un sou! c'est beau
ce que tu as fait là Georges, — s'écria Clovis en serrant

d'Entragues à plusieurs reprises sur sa poitrine, — ah ! oui,
ah ! oui ! ah ! oui, que ça l'est... beau... ah... oui...

Et Clovis suffoqué par la joie et l'attendrissement, se mit
à pleurer à chaudes larmes.

Il finit cependant par se calmer peu à peu, et au moment de rentrer dans la maison pour y prendre son chapeau, il amena Georges dans un coin et lui dit, non sans
embarras :

— Prête-moi vingt-cinq francs.

Georges les lui donna.

— Je vas te dire pourquoi c'est faire, reprit Clovis, on
me les rendra demain, je vais les prêter à mon ami le directeur de la *Sempiternelle*, qui les a perdus au lansquenet, et qui n'a pas de monnaie... aujourd'hui.

Nous avons ouï dire, depuis, que le directeur en question, avait pris, il est vrai, les vingt cinq francs de Clovis.
Mais ne s'en était nullement servi pour payer sa dette
de jeu. -

§

Les deux amis partirent ensemble.

Tandis que la lourde porte tournait sur ses gonds criards
en se refermant derrière eux, Clovis arrêta M. d'Entragues
et lui dit :

— Écoute-moi bien.

— J'écoute.

— Ce que je vais te dire, ce ne sont pas des mots, ce
ne sont pas des phrases, c'est ma pensée, c'est la vérité,
c'est... c'est mon cœur mis à nu...

— Eh bien ?

— Eh bien, je ne suis plus seulement ton ami ! après ce que tu viens de faire, je suis une chose à toi, ton domestique si tu voulais... je t'appartiens, Georges; je t'appartiens corps et âme, et tu me dirais de tuer un homme, que je crois que j'obéirais !

Georges ne répondit point sur-le-champ : d'ailleurs l'exaltation de Clovis était si grande, qu'il n'était point possible d'entamer avec lui une conversation sérieuse.

M. d'Entragues l'emmena chez lui, en se disant seulement :

— C'est bien !

FIN DE LA QUATRIÈME SÉRIE.

TABLE DES MATIÈRES.

—

PREMIÈRE PARTIE.

DONA SOL.

CHAP. I. Confession générale........................ 5

II. Confession générale (suite).................. 17

III. Confession générale (suite).................. 29

IV. Confession générale (suite)................. 57

V. Le frère et la sœur....................... 49

VI. La petite maison......................... 59

VII. Un conseil d'ami......................... 71

VIII. Perdita et Rosolio........................ 83

XI. Perdita et Rosolio (suite).................. 93

X. D'Entragues et Nodêsmes................. 101

XI. Madame la Duchesse...................... 111

XII. Un marché conclu......................... 119

XIII. La chanoinesse........................... 129

DEUXIÈME PARTIE.

LES LOUPS SE MANGENT ENTRE EUX.

CHAP. I. Le prince Falckenberg 141

II. Épisodes de la vie d'un joueur............ 151

III. Un conte d'Hoffmann...................... 159

CHAP. IV. Perdita et l'amour...................... 171

     V. Perdita et l'amour (suite)................ 185

     VI. L'évasion 194

     VII. L'évasion (suite)...................... 203

     VIII. L'évasion (suite)...................... 213

     IX. Une demande en mariage................ 225

     X. Amour forcé......................... 239

     XI. Mazagran 249

     XII. Le général Carol..................... 261

     XIII. Clovis 269

FIN DE LA TABLE DES MATIÈRES.

Imprimerie de Munzel frères, à Sceaux.

ALEXANDRE CADOT

ÉDITEUR,

37, RUE SERPENTE, A PARIS.

Collection de volumes in-16 à 1 franc.

VOLUMES PARUS

XAVIER DE MONTÉPIN.

Les Viveurs de Paris, 4 Série. . . 4 vol.

1re Série. UN ROI DE LA MODE. . . 1 vol.

2e — LE CLUB DES HIRONDELLES. 1 vol.

3e — UN FILS DE FAMILLE . . . 1 vol..

4e — et dernière. LE FIL D'ARIANE. 1 vol.

Les Amours d'un fou. . . . . . . 1 vol.

Geneviève Galliot . . . . 1 vol.

— 2 —

Les Chevaliers du Lansquenet. . 5 vol.

1ᵉ Séric. LE LOUP ET L'AGNEAU. . . 1 vol.

2ᵉ — PERDITA. . . . . 1 vol.

3ᵉ — DANAE . . . . 1 vol.

4ᵉ — COURTISANE ET DUCHESSE. . 1 vol.

5ᵉ — et dernière. FRÈRE ET SŒUR. 1 vol.

PAUL DUPLESSIS.

Les Boucaniers. 4 Séries . . . . . 4 vol.

1ʳᵉ Séric. LE CHEVALIER DE MORVAN . 1 vol.

2ᵉ — NATIVA. . . . . . . 1 vol.

3ᵉ — MONTBARS . . . . . . 1 vol.

4ᵉ — et dernière. LE BEAU LAURENT. 1 vol.

MARQUIS DE FOUDRAS.

Les Gentilshommes chasseurs . . 1 vol.

La Comtesse Alvinzi. . . . . . . 1 vol.

Madame de Miremont. . . . . . 1 vol.

A. DE GONDRECOURT.

Les Péchés mignons . . . . . . 2 vol.

Le dernier des Kerven . . . . . 2 vol.

HENRI DE KOCK.

La Tribu des Gêneurs . . . . . . 1 vol.
* Brin d'amour . . . . 1 vol.

ÉLIE BERTHET.

Le Nid de Cigognes . . . . 1 vol.
L'Étang de Précigny . . . . 1 vol.

ALEXANDRE DUMAS FILS.

Tristan le Roux . . . . 1 vol.
Sophie Printemps . . . . 1 vol.

ALEXANDRE DE LAVERGNE.

La Recherche de l'Inconnue . . 1 vol.
Le comte de Mansfeld. . . . . . 1 vol.

OUVRAGES DIVERS.

Simples récits, par CHARLES DESLYS. . . 1 vol.
Chasses et pêches de l'autre monde,
  par B. REVOIL. . . . . 1 vol.
Contes d'un marin, parG. DE LA LANDELLE. 1 vol

Une vieille Maîtresse, par Jules Barbey

    d'Aurevilly. . . . . 1 vol.

Le Mendiant noir, par Paul Féval. . 1 vol.

Léandres et Isabelles, par Adrien Ro-

    bert. . . . . 1 vol.

Rachel et le Nouveau-Monde, par

    Léon Beauvallet. . . . . 1 vol.

Une Famille Parisienne au XIXe

    siècle, par madame Ancelot . . . . 1 vol.

Une Histoire de soldat, par Mme Louise

    Collet. . . . . 1 vol.

Les Amours des rustres, par Angelo

    de Sorr. . . . . 1 vol.

La Succession Le Camus (misères de

    la vie domestique) par Champfleury . . . 1 vol.

Sceaux. — Imprimerie de Munzel frères.

OUVRAGES PARUS.

SCEAUX. — IMPRIMERIE DE MUNZEL FRÈRES.